군야

소설
석암 지음
비움과소통

▎프롤로그 ▎

시골 고향집. 어린 시절 아이들이 모여 놀았던 그곳을 중년의 나이에 우연하게 서있었다.

나는 출가하여 수행자의 길에 들어서서 나름 얻은 작은 수행의 증표에 따라 마음의 행복과 평화를 즐기고 있을 때였다.

아이들이 왁자지껄하게 떠들던 삼각 교차로 골목길에서 정말 뜻밖의 일을 만나게 되었다. 초등학교시절 삼총사라고 불리던 두 명의 친구들을 차례로 만나게 된 것이다.

삼총사는 다른 아이의 부러움을 사며 깊숙한 우정을 느끼고 친하게 잘 지냈었다. 그 개구쟁이 착하던 어린이들이 중년의 나이에 한참 뛰어놀았던 그 장소에서 잠깐의 사이를 두며 스쳐가듯 만난 것이다.

세속의 치열한 경쟁 속에서 아이들을 키우며 사는 한 친구는 몸과 마음이 지쳐보였다. 한 친구는 군대에서 사고가 나서 불편한 몸을 이끌고 있었다. 서로의 안부를 묻고 우리들은 다시 자신의 인생길로 들어서 걸어간다.

그 삼거리 골목길에서 따스한 햇볕을 맞으며 잠시 회상한 나는 수행자의 삶을 선택한 것이 잘한 일이라고 다시 한 번 생각을 하게 되었다.

나는 고지식하게 착한 아이였다. 그저 조용하고 착한 아이이기에 친구들과 놀기를 좋아하는 개구쟁이였다. 특별히 잘하는 것도 없이 온실에서 키운 식물처럼 한계의 둘레를 치며 발전 없는 인생을 살아가고 있었다.

그런 나에게 획기적인 인생의 변환점이 찾아왔다. 그것은 출가였다. 인생에 확고한 스승도 없었고 삶의 올바른 지침이 없는 나에게 출가는 큰 용광로 같은 담금질의 길이었다.

찬란한 보석과 금이 용합되어 살아 꿈틀거리는 빼어나고 훌륭한 금속으로 다시 태어나기위해 지금도 용광로 속에서 담금질을 해댄다.

수행자의 길을 걷는 중. 어느 순간 나에게 닥친 이 삶이 지금의 인생뿐만 아니라 까마득히 오랜 옛날부터 걸어온 나의 길이라는 사실에 확신을 갖게 되었다.

그동안 수행의 체험에서 오는 환희의 경험과 상상을 하나의 소설로 만들어 내놓고 싶은 생각이 들었다.

『소설 군야』는 픽션과 논픽션으로 구성되어있다. 한 수행자가 깨달음의 마지막 한 고개를 넘기 위해 지구에 내려와 고난과 고통을 받아들이며 수행해나가고, 마침내 자성관음을 발현하여 깨달음을 이루고 세상을 아름답게 변화시키려고 하는 대원력을 가진 수행자 해월을 그려나간 것이다. 그것은 바로 나의 꿈이기도 하였다.

인생이란 굴곡이 많은 일대사에 마음을 수행하는 일은 예과 지금, 그리고 동양과 서양을 막론하고 세상이 만들어진 이래 가장 획기적이고 창조적인 일이다. 격동이 넘실거리며 일렁거리는 세상이 무너진 이후에도 없어지지 않는 뜻깊은 일일 것이다.

1부

사랑합니다

자유인 해월

대한민국 강원도 양구 두메산골 오지안의 길지.

병풍처럼 사방으로 끝없이 휘돌아 친 산세들이 빼어나다. 길지 안에서도 비상하는 용을 품은 연꽃봉우리의 기운이 주위를 압도한다.

산에서 흘러나오는 맑은 공기가 고요하고 신선한 생명력을 끊임없이 분출시키는 것 같았다. 겨울의 전령사 동장군이 맹렬한 기승을 떨치고 있는 이곳은 사람들의 따뜻한 관심과 접근마저 차단시켜 버렸다.

천하동장군은 자신의 영혼을 허공 속에 묻어둔 채 산속 나무 가지를 세차게 흔들어 되는 것이 아닌가. 하루 종일 조용히 지내던 나무들도 친구인 산새들이 하나 둘 자신을 떠나가자, 뼛속깊이 시리고 아픈 고독의 감정이 되살아 올라와 마음을 흔들어 놓는다.

저 먼 산에서 아름답게 울러 퍼지는 자비의 향기가 수행자의 초라한 황토방을 지켜주면서 빛바랜 겨울이 활기차게 재생산을 독려하고 있었다.

너무 맑아 끝이 없어 보이는 하늘도 제 세상을 만난 것처럼 검회색 핏줄을 밖으로 드러낸 가녀린 치마 살 구름을 만들어 나만의 세상을 만들어간다.

치마 살 구름들은 자신의 마음을 쉽게 컨트롤하지 못하는지 하루걸러 새하얀 눈과 빗방울들을 연신 흘러 보내고 있었다.

하늘에서 불규칙적으로 떨어지는 눈송이들은 이제 하얀색이 아니라 잿빛이 물들은 낙하산 훈련처럼 지상을 향해 일말의 멈춤도 없이 떨어지며 흘러내리고 있었다.

황토 초막의 토굴 속에서 추위와 맞서며 정진하는 수행자 해월은 머리와 수염이 만발한 덥수룩한 얼굴에 누비를 입고 있어서 흡사 한 마리 발정된 숫사자처럼 보였다.

강한 정기를 가진 한 마리 거친 사자는 이제 평온을 찾아 사방에 둘러친 연꽃봉우리 산세들과 조화를 이루며 살아가고 있었다. 아니 이제는 사명산에서 절대 빠져서는 안 되는 자연 구성원의 중심이 되어 살아간다.

그가 이곳에 들어온 것은 단 하나. 세상에 둘도 없는 부드러우면서도 강하게 수행자를 받아들이는 명당자리이고 이 세상을 구하는 영웅을 배출하는 자리임에 확신을 갖고 이곳에 터를 마련한 것이다.

그의 모습은 땟국이 흐르는 더러운 누비를 입고 있었지만, 몇 년간의 집중적인 마음수행으로 그의 눈은 사람의 동공을 벗어난 내면의 신선한 오아시스가 들여다보이고, 우주 뒤편에서 바른 깨달음을 이루었을 때 출격하는 거대한 모하스 우주함대가 가끔씩 신비스러운 그림자를 조금씩 비추어 보여주곤 하였다.

산속 깊은 암반에서 흘러나오는 영양분이 살아있는 생수를 마시고 채식을 하여서 피부는 반투명 젤리처럼 탄력이 있어보였다. 가끔씩 천억 개가 되는 피부의 모공이 열릴 때면 자신과 우주를 연결시켜주는 모스부호를 전달 받곤 하였다.

이제껏 성난 황소처럼 거칠고, 맹독성 코브라처럼 독하고 사악한 기운의 마음들이 벗겨지고, 씻어 내리며, 지독했던 자신과의 싸움에서 조금씩 승리를 거두자 입안에서 흥얼흥얼 노래를 지어 부르며 즐거운 마음에 맞추어 부드러운 춤을 추었다.

해월은 한 달 전부터 잘나가던 수행이 어려움에 부딪쳐 고전을 면치 못하고 있었다. 어느 날은 순조롭게 마음이 모아져서 좌선을 하고 있지만, 어떤 날은 사라져버렸던 화가 치밀어 올라와 허황되게 당황하며 좌선을 하고 있는 자리에서 박차고 일어나 한숨을 내쉬었다.

휴~.

예전에 나를 괴롭힌 부정적 여러 상황들을 떠올리게 되면 해월은 내면에서 자신을 이기지 못한 나약한 어린 철새의 날갯짓처럼 불규칙한 마음의 떨림을 느꼈다.

'이 고개만 넘으면 나의 수행은 깨달음이 멀지 않은데…'

하면서 해월은 하늘을 쳐다보며 자신이 세운 큰 원력을 다시 한 번 외우는 중이었다.

'깨달음을 얻어 많은 사람들과 이상적 행복과 평화를 함께 할 것이다.'

올 겨울은 유난히 눈을 자주 뿌리고 다음날 그 위에 심술궂게도 비가 내리니 빤빤한 스케이트장을 방불케 하였다. 그날도 하늘은 씨알 굵은 함박눈이 하염없이 내리고 있었다.

해월은 방안에서 유심히 자신만이 가지고 있는 관용 우주망원경으로 위에서 떨어지는 눈송이를 꿰뚫어보고 있었다. 눈으로 눈을 관찰하며 기쁨과 행복을 즐기고 있는 중이었다.

눈송이들은 저마다 고유한 특징들을 가지고 있는 것이 분명했다. 모두 똑같은 모양이다 싶었지만 둥그런 눈송이, 네모난 눈송이, 꽃처럼 예쁜 눈꽃송이, 사람의 얼굴을 닮은 눈송이, 달과 별을 닮은 눈송이들도 있었다.

천사도 있었고 악마의 기운을 가진 눈도 있었다. 그리고 사랑할 줄 아는 고마운 눈송이들도 흩날리고 있었다. 달과 별을 닮은 눈송이들이 떨어지면 세상은 황홀한 우주를 지키는 할아비 파수꾼이 되어버렸다.

해월은 잠깐씩 눈송이를 바라보는 것이 재미있고 신기하기도 하였다. 그들 속에는 너무도 멋지고 아름다운 세상이 들어 있기 때문이었다. 눈 속은 의외로 따뜻했다.

어린 시절 차가운 눈을 가지고 눈싸움을 하고 아이들과 장난을 치다가 손과 발에 동상이 걸려 가려움에 괴로워했던, 그토록 차갑게 느껴졌던 눈 속이 꿀 참나무 장작을 지펴놓은 것처럼 따뜻하고 아늑했다.

더욱 깊고 자세히 관찰해 보니 눈 속안 중심에 돔 같은 투명한 보호막이 사방으로 뻗어 있어서 밖의 추위와는 무관하게 안온한 공기를 느낄 수 있었다.

그 투명막은 강하기로는 전설의 천둥새 선더버드가 이곳에 우레를 치면 벼락이나 번개들도 차마 뚫지 못해 튕겨서 나와 자취를 감춰버리고, 부드럽기는 이른 아침 옹달샘에서 흐르는 물처럼 연약한 지층수를 흘려보내지만 투명 막은 없는 듯 보이지 않았다.

눈 속에는 거짓말처럼 신기하게도 생명체들이 살고 있었다. 그러나 그 생명체와 투명 막들은 자연과 잘 조화되어 있어 큰 관심을 가지고 바라보지 않으면 없는 듯 작은 눈송이에 불과했다.

눈송이를 깊숙이 들여다보면 우리 인간들이 만들어 내지 못하는 아름답고 멋스러운 집들이 규칙과 불규칙을 반복하며 지어져 있는데, 그런 부조화 속에서도 신비스럽게 뻗은 길과 그 예술적인 선들이 한두 해에 만들어진 것이 아니라 몇 백억 년에 걸쳐 이루어낸 완성된 걸작들이었다.

자아를 완성시켜 세상을 구하려는 해월에게는 이러한 판타지아한 걸작들의 세계가 자신이 꿈꾸고 건설하려는 이상적인 도시와 너무나도 비슷하여서 그는 동공을 더욱 크게 열고 집중적으로 관찰하려고 하였다.

눈송이들은 각기 다른 세상을 펼치고 있었다. 이는 마치 온 세상이 아름답게 피어낸 각기 다른 종류의 꽃들이 서로를 인정하고 코를 찌르는 아름다운 향기를 뿜어내며 고풍스러운 자태를 완성시키는 화엄의 바다를 연상시키는 것만 같았다.

한 눈송이 안에는 엷은 푸른색을 띠는 대지 위에 잘 지어놓은 대저택이 있었고, 그 집은 건축물이긴 하지만 살아있는 생명처럼 온기가 있어 괴로움과 힘든 인생을 살아온 모든 생명체들을 끌어안으려는 사랑의 자석들이 즐비하게 붙어있었다.

집 앞에는 큰 연못이 있었고 연못과 집 주위를 돌아가며 지구에 없는 과실수들이 심어져 있었다. 과실수는 아름다운 목소리를 내는 새들과 화합하며 서로에게 몸과 마음을 기대며 살아가고 있었다.

연못 안에 있는 물은 맑았고 영롱한 광채가 비춰져 주위에 활력을 심어주고 사람들이 사랑하는 은은한 향기가 묻어나오고 있었다.

연못 안에는 아로와나, 루바스, 황순어, 천용 물고기 등 희귀한 물고기들이 많았고, 잉어, 메기, 붕어, 피라미 등 토속적인 물고기들도 즐비하며 규칙적으로 그러면서도 어떤 법칙에도 얽매이지 않고 유유히 헤엄을 치며 살아가고 있었다.

대저택 주위로 작은 집들이 보기 좋게 자리 잡고 있었다. 지구에는 표현하지 못할 정도의 섬세한 인테리어 그러나 복잡하고 까다

롭지 않는 단순한 집에서 풍기는 내음은 갓 구워낸 식빵처럼 해월의 후각을 자극시켰다.

그곳 사람들은 크지도 작지도 않은 균형 잡힌 몸매를 가지고 있었으며 모두 육계가 솟아 있었다.

해월이 바라본 눈 속 세상은 힘차게 용솟음치며 멋스럽게 살아가고 있었다. 너와 내가 모두 활발하게 살아 움직이고 있었다. 자연과 하나가 되어 살아가며, 무생물들도 자신의 마음을 노래하고 있었다. 우주도 그들의 마음에 따라 주위배경을 만들어 나간다.

해월은 이틀에 한번 꼴로 오는 눈을 치워나갔다. 토굴 주위의 많은 눈을 치우는 것은 어느덧 그의 일과가 되어버렸다. 또 그것은 수행의 연장선상에 있었으며, 운동부족으로 인한 체력저하를 메꿔주는 하늘의 진심이 담긴 배려로 느껴졌다.

마을 큰길로 이어지는 농로 길은 칠백 미터 남짓 보였다. 밤사이 눈을 맞은 산들은 새하얀 수정 구슬을 가지고 장식한 동화 속 그림처럼 장관을 만들며 마음속에서 피워나는 더러운 생각마저 멈추게 하였다.

높은 소나무에 매달린 눈송이가 떨어지면서 자신의 분신으로 새하얀 아기 솔방울을 만들어 놓기도 하였다. 이른 아침 눈 치울 준비를 한 해월은 뼛속시린 찬 공기를 흡입하며 눈을 치워나갔다.

때론 산과 하늘이 뻥 뚫려 하나가 되는 진공을 느끼며 법의 즐거움에 잠시 환한 미소를 짓기도 했다. 돌이켜 산을 바라보다 정말이지 진솔한 감정을 실어 감탄사를 뽑아낸다.

'하야~'

이 찬탄의 강한 외마디가 곤히 겨울잠을 자고 있는 다람쥐를 세차게 흔들어 깨워 놓기도 하였다.

그는 광활한 우주에 홀로 남겨져 길을 쓸어간다. 마당을 쓸어 내려간다. 한순간 눈을 떠보니 바지를 내리고 볼일을 보는 해월에게 나무 위에 앉아있는 까마귀는 짓궂게 외마디 쓴 소리를 내지르며 하늘로 날아간다.

'까~악!'

겨울 내내 눈 치우는 일은 고되지만 수행의 한 방편으로 생각하니 눈과 내가 하나가 되어 일이 순조로워진다. 이백 미터쯤 치워 한 고개를 넘어가니 아랫집 용화 아저씨도 눈을 치우려고 나왔다.

우린 올해엔 눈이 자주 온다는 인사를 나누고 각자 맡은 구역을 쓸어갔다. 작년만 해도 겨울에는 살지 않았던 용화네 덕분에 한결 쉽고 빠르게 눈을 치워나간다.

용화 아저씨는 오십대로 보이는 중년이었다. 키는 크지 않았으나 다부져보였고, 강한 인상을 주어 사람들이 쉽게 접근하기는 어려웠다. 그는 노모와 함께 살고 있었고, 실내에 온돌과 난로를 설치하는 일을 하며 온돌학교를 운영하고 있었다.

눈 치우는 일은 도구를 잘 골라서 알맞은 용도로 사용해야만 한결 쉽게 눈을 치울 수 있다. 목수가 알맞은 연장을 선택하는 일은 가장 기초적인 일이다.

특히 긴 길과 넓은 운동장을 치우는 일은 잘 습관 된 안정적 기술이 필요할 때가 있다. 제설 삽의 각도를 잘 맞추어 눈을 밀고 가야지 바닥의 깊게 박힌 돌이나 울퉁불퉁한 곳에서 손을 다치지 않는다. 또 쉽게 눈을 치우려고 제설 삽을 배로 끌고 가다가 돌에 걸려서 심하게 배가 아파오는 것을 막을 수도 있다.

제설작업을 반쯤하다 보니 노부부가 사는 집에 도착을 했다. 집 옆에는 심하게 비탈진 길이 있는데, 많은 사람들과 차량들이 이 길에서 사고를 당해 신경 써서 잘 치워야만 한다. 그러나 나의 손이 가기 전에 언제나 이곳은 깨끗하게 치워져 있었다. 늘 길이 미끄럽지 않게 눈을 깨끗이 치우는 사람은 이 집 할아버지이다.

할아버지는 이 마을 고향사람인데 젊어서 서울 가서 사시다가 나이가 들어 고향으로 다시 돌아온 분들이다. 노부부는 항상 아침 일찍 일어나서 집 주위를 청소하고 풀을 뽑는다. 그 중에서 조상 묘소를 가꾸는 일은 신의 경지에 가까울 정도로 정성껏 몸과 마음을 기울여 풀 한포기 없이 만들어간다.

해월은 이 노부부집에서 가끔씩 차를 마신다. 할아버지는 외모에서부터 풍겨 나오는 이미지가 농사짓는 사람이란 것을 대번에 알 수 있었다.

한쪽 귀가 잘 안 들리는지 대화를 하면 “뭣이?”를 외치며 가느다란 눈을 크게 뜨도록 만든다.

이 할아버지는 풀 뽑는 일 말고 자신의 머리를 잘 가꾼다. 항상 이대일 가르마를 하고 그 머리에 기름을 발라 넘기니 심플한 멋이 풍겨 나온다.

할머니는 단아한 외모를 가졌지만 강단이 있어보였다. 차를 마시며 할머니는 젊은 해월이 산속 토굴에서 혼자 사는 것이 신기하고 궁금하였는지 여러 가지를 묻곤 하였다.

"산속에서 무엇을 하세요?"

할머니가 간드러지게 묻는다.

"공부를 하고 있습니다."

"무슨 공부를 하세요?"

"마음을 닦는 공부를 합니다."

할머니는 신기한 듯 관심을 가지고 물었다.

"마음을 닦아서 무엇을 하려고요?"

해월이 대답한다.

"목동은 소를 다루고, 목수는 나무를 다루지요."

"지혜 있는 사람은 자신을 다룹니다. 자신을 다루는 일은 무슨 일보다 중요합니다. 자신을 다루고 이끌지 못하면 고통 속에서 나오지 못하기 때문입니다."

할머니는 얼굴을 약하게 씰룩거리며 다시 강하게 물었다.

"행복을 위해서 공부하는 것인가요?"

해월은 조금 더 자세하게 설명해주고 싶어졌다.

"맞습니다. 행복을 위한 것이지요. 한때 일시적 행복을 느끼는 것이 아니라 영원토록 행복하기 위해서… 거친 나의 마음을 잘 다루고 이끌어서 자아를 완성시키는 일입니다."

다시 말을 이어 갔다.

"자아를 완성시킨 마음으로 이 세상을 아름답게 변화시켜 모두가 행복하고 평화스럽게 살기 위해서입니다."

할머니는 조용한 침묵 속에서 한 줄기 작은 빛을 바라보며 살짝 미소를 지었다.

따뜻한 커피를 한 잔 얻어 마신 해월은 인사를 나누고 밖으로 나왔다. 집 밖에는 작고 예쁜 산새들이 줄기차게 지저기며 덤불 속에서 신나게 먹이를 찾고 있었다.

귀여운 겨울새를 바라보는 해월은 밝은 모습으로 열심히 살아가는 아침형 인간을 만난 듯 훈훈한 마음으로 그들의 자취를 그려나갔다.

눈 치우는 일은 오후까지 이어졌다. 1킬로미터 가까운 눈을 치우니 길 위에서 넘어지기도 하고 호된 추위에 두껍게 장갑을 낀 손을 호호 불면서 열심히 작업을 하다 보니 온몸을 땀에 흠뻑 적신 채 토굴로 돌아가 지친 몸을 쉬게 하였다.

그날도 눈과 더불어 한몸이 된 해월은 좌선을 마치고 물끄러미 밖을 내다보고 있었다. 텅 빈 허공도 수행자 마음에 장단을 맞춰주듯이 고고한 모습으로 해월을 뚫어지게 내다보고 있었다.

이런 침묵의 고고한 상황을 알고 있는지 허공은 싱거운 회오리 콧바람을 소나무 위에 불어내었다.

곧게 서서 세월을 보내던 잘생긴 소나무는 꼼짝없이 허공의 회오리 콧바람에 그만 재채기를 하고 크게 몸을 떨면서 자신에게 붙어 있던 반짝이 눈꽃송이를 매몰차게 털어 내버렸다.

예쁘게 버무려진 눈송이들은 소나무의 콧바람 기운에 본인의 의사와 상관없이 자신을 분해해 콧바람을 따라 먼 여행을 떠나는 나그네 신세가 되어버렸다.

고난을 만나다

해월은 문득 한 생각이 떠올랐다. 나를 지금 이 자리에 있게 해준, 토굴을 지을 때 도움을 주었던, 아니 어려움을 겪을 때마다 항상 격려하고 도와주었던 아버지였다.

설날도 가까워졌고 부모의 은혜를 생각하니 아버지의 자비한 마음이 그리워졌다. 갑자기 고향집을 찾고 싶어졌다. 이것이 수행자의 마음 씀인가.

연어의 본능처럼 그는 빠르게 행동에 옮겼다. 내친김에 인사를 드리려고 전화를 걸었다. 집과 핸드폰으로 여러 차례 전화를 하는데도 연결이 되지 않았다.

해월은 낡은 수동 자동차를 몰고 집으로 향하고 있었다. 이런 척박한 환경 속에서 해월을 위해 열심히 일을 해준 것은 오래된 중고 자동차였다. 그동안 큰 불만 없이 시동만 걸면 어디든지 해월을 태워다 주었고 짐들을 날라주었다. 그러다보니 그만 편안한 차에 고마운 정이 들었다.

어느 날 운전석에 앉아 핸들을 쓰다듬으며 이런 말을 나누기도 했다.

'고맙다. 크레도스 너는 나를 잘 알아주는 친구구나.'

'앞으로도 나와 같이 잘 살아보자꾸나.'

연신 전화를 했건만 냉랭한 신호음만 울렸다. 주변에 떠오르는 산들의 황량하고 생기 없는 나무들을 보는 것이 해월을 더욱 불안하게 만들었다. 그래도 긍정적 생각과 호흡으로 마음의 평정을 되찾으며 다급하게 차를 몰고 있었다.

아버지에게 따뜻한 밥을 지어주는 것은 해월에게는 너무나 기쁜 일이었다. 일년 전 어머니가 급작스러운 사고로 돌아가시고 아버지는 밥을 해먹는 일이 귀찮아졌다.

평생 바르고 올곧게 살아온 보답이 생명처럼 아끼던 아내마저 빼어갔으니 큰 실의와 원망이 겹쳤다. 사람들의 친분과 왕래를 피하고 홀로 지내는 전형적 홀아비가 되어버린 것이다.

그런 아버지가 안타깝고 미안한 수행자 해월은 가끔씩 집에 들러 오랜 먼지를 털어내 지저분한 집안 청소를 하고 빨래를 해놓으면 아버지는 기분이 좋아 편안한 자세로 누워 양손을 깍지 끼어 머리 밑에 놓고는 발을 사뿐사뿐 구르는 것이었다.

해월은 다시 맛있는 밥을 지어 상을 차려놓고, 부자는 맛있게 밥을 먹는다. 밤이 되어서 잠을 자면 아버지와 아들의 마음은 하나가 되고 우주의 무중력을 껴안고 떠다니듯 큰 부자가 되어버린다. 그리고 잃어버린 깊은 연민의 정을 느끼게 된다.

아버지 이준수는 단아한 체구를 가지고 있었다. 어린 시절 여러 운동을 하였고, 장거리 육상선수를 하여 도내 체육대회에서 상장을 받았다. 공부도 잘하여 시골에서 서울에 있는 대학에 진학한 수재였다. 단아한 체구이지만 운동으로 단련된 힘찬 몸매와 호랑이 눈매의 신비한 기운을 풍기는 인상은 범접하기 조차 어려운 사람이었다.

그런 그도 세월의 무상함을 벗어나지 못해 얼굴에는 온통 주름들이 밭을 만들었고, 단단한 근육의 몸매도 쭈글쭈글 해져가고 있었다.

그는 특히 해월을 아끼고 잘 돌봐 주었다. 오랜 방황 속에서 힘겨워하는 해월을 지켜보며 아프고 쓰라린 가슴을 저미며 얼른 방황에서 벗어나 세상을 향해 표호하고 따뜻한 날갯짓을 하는 용과 사자가 되기만을 바라고 또 바랬었다.

걸출한 영웅을 바랬던 이준수는 해월의 따뜻한 행동에 진한 미소가 서린 얼굴로 그를 대하곤 하였다.

그믐의 늦은 밤. 얼른 장을 보고나서 집에 도착하니 대문이 휑하니 열려있었다. 안 좋은 예감에 숨이 멈추는 것만 같았다.

순간 주위의 차가운 공기가 해월을 방으로 이끌었다. 재빠르게 안으로 들어가니 거실문과 안방 문이 모두 열려있었다. 안방에 달린 창문을 통해 방안을 들여다보니 아버지는 오른팔을 바닥에 기댄 채 누워 있었다. 머리는 힘없이 방바닥에 떨어졌고 텔레비전은 저 혼자 마구 지껄여댄다.

얼른 방에 들어선 해월은 인사를 한다.

"아버지 저 왔어요."

아버지는 일어나 앉는다.

"휴~"

해월의 탄식이었다. 탄식소리에 방안에 있던 먼지가 일렁거린다. 다행이 큰일은 아닌 것 같아보였다.

"헤헤."

아들을 보며 미소를 짓고 일어나는 아버지의 얼굴이 이상했다. 누런 치아의 입안에는 걸쭉한 침이 많이 고여 있었고 웃는 얼굴을 통해 끊임없이 흘러내리는 것이었다. 이미 베게에는 침이 꽤 흘러나왔다.

순간 외마디가 튀쳐나왔다.

"아~"

"아버지 괜찮으세요?"

아버지는 아들의 물음에 아랑곳하지 않고 다시 이부자리에 누우며 이불을 끌어당긴다. 해월은 잠깐 당황했다. 머릿속에는 119구급차를 떠올랐지만 입으로는 어정쩡한 말만 되뇌었다.

'어떡하지…'

해월은 큰 충격을 받았다. 건강하셨던 아버지 아니었던가. 재작년까지만 하여도 가파른 산을 날라 다녔던, 그야말로 이산 저산을 다니면서 산나물을 한 부대씩 뜯어 오신, 산을 잘 밟는 지존 아니었던가.

늘 건강하였던 모습만 보고 이런 상황을 처음 맞이한 해월은 큰 충격 속에서 혼란을 일으킨다. 말을 더듬거리며 할 말을 잊어버린다.

다시 정신을 가다듬고 수화기를 든다. 전화기에서 119 버튼을 누른다. 119상황실에서 금방 전화를 받는다.

해월은 떨리는 음성으로 통화를 하고 있다.

"아버지께서 침을 흘리면서 쓰러져 계시는데요."

가슴이 답답해 졌다. 윗입술이 사르르 떨린다.

구급대원은 거동을 할 수 있는지, 장소, 구급차가 들어갈 수 있는지 등 여러 가지를 물어보고 곧 출동한다는 해답을 주었다.

잠시 후 구급대원들이 들것을 가지고 환자를 이송했다. 구급차 안에서 간호사가 혈압과 당이 있는지 묻는다. 당과 혈압은 정상이시고 건강하셨던 분이라고 대답을 해준다.

이준수는 구급차 안 침대에 눕혀져 있지만 불안한지 이리저리 몸을 뒤틀고 침대에서 일어나려고 힘을 바짝 주며 허우둥 거린다.

이준수는 다른 사람들과 타협하지 않는 외골수였다. 자신의 생활을 간섭 받지 않으려 자식과 함께하는 생활을 버린 채 홀로 살아가고 있었다. 자신만의 생활방식을 침범하여 귀찮게 만들면 맹수처럼 포효하는 호랑이였다.

조그마한 불편함도 참지 못하고 다른 사람과 대화도 하지 않으며 살아가고 있었다. 그러나 강하고 굳세었지만 정에는 약한 분이었다.

가족의 훈훈한 정을 그리워하는 노인이었다. 그래서 자식들이 찾아오면 양쪽 무릎을 일렁이며 아주 밝고 즐거운 표정으로 자신만의 마음을 표현한 말 수가 적은 전형적인 시골 할아버지였다.

힘없는 오른팔을 위아래로 움직여보면서 구급대원이 말한다.

"중풍인 것 같은데 큰 병원으로 가셔야겠습니다."

"예. 대학병원으로 가시죠."

그야말로 앞이 깜깜하고 멍했다. 침침한 안개들이 앞을 가렸다. 구급차는 사이렌을 울리며 도시에 있는 대학병원으로 가는 중이었다.

창밖의 어두운 적막에 해월은 더욱 심난해진다. 잠시 후 안정을 되찾은 뒤 멀리 있는 화려한 네온사인을 무심히 바라본다. 아버지는 여전히 안절부절 안정을 찾지 못한다.

해월은 몇 달 전 꾼 꿈이 불현듯 떠올랐다. 넓은 벌판에서 아버지가 머리에 피를 흘리며 쓰러지자 아버지를 안고 큰소리로 '아버지~'를 외치며 슬프게 큰소리로 울었었다.

꿈속에서 죽는 것은 오래 산다는 막연히 저급한 꿈 해몽에 편안한 마음으로 전화 통화를 한 적이 있었다. 선신들이 먼저 알려주었던 현실적인 꿈을 예지하지 못했던 자신이 부끄러웠다.

아버지 이준수는 젊어서 공무원 생활을 하며 많은 식구를 먹여 살렸던 집안의 장남이었다. 그러면서도 힘들다는 내색을 전혀 보이지 않았다. 유독 큰 아들인 해월을 좋아했으며 어린 시절 산과 개울로 데리고 다니며 물고기 잡는 법, 수석 고르는 법등을 자세히 알려주었다.

가을과 겨울에는 버섯을 함께 따고, 산새들을 잡으려 그물을 놓기도 하였다. 아버지와 아들이 한번 밖으로 나가면 빈손으로 돌아오는 법이 없었다. 많이 잡아서 집으로 돌아오면 온 식구가 맛있게 매운탕을 끓여먹곤 하였다.

하늘에 별들이 유난히 반짝이었던 시골. 개울로 밤고기를 잡으러 갔었다. 칠흑처럼 어두운 개울에 조용히 그물을 치는 아버지를 위대한 영웅으로 바라보았었다.

하얀 반바지를 입고 후레쉬를 비추는 영웅이 멋있어 보였다. 저 멀리 떠 있는 은하수의 무리들이 아빠를 위해 춤을 추듯 확연히 떠올랐다. 손톱 같은 달은 자신이 초라해 구름 속으로 모습을 감췄다.

어린 아들은 비린내 나는 물안개를 맞으며 귀뚜라미 소리에 오줌을 눈다. 겁이 난 어린이를 풀벌레들이 놀려준다. 버드나무 가지들이 놀란 어린이를 위해 천하대장군이 되어 믿음직스러운 보초를 서준다.

자정이 넘어 그물을 올리면 피라미, 메기, 붕어들 그리고 토속 물고기 들이 줄을 지어 올라온다. 어두운 침묵 속에서 그들은 우리들을 노려본다. 아니 살려달라고 부탁을 하는 눈치였다.

조금 후 큰 잉어 한 마리가 주위를 압도하며 끌려나온다. 아빠의 작품이었다. 무엇이든 만들어내고 어떤 상대에도 절대 굽히지 않는 신적인 존재였다.

정년퇴직을 하면서 그는 많이 늙었다. 마음고생을 많이 해서이다. 목숨처럼 사랑했던 아내를 가슴에 묻었다. 세상과 단절하며 일주일에 한 번 성당에 나가는 것이 유일한 소통이었다.

구급차는 빨리 병원 응급실에 이르렀다. 여러 가지 검사가 진행 중이었다. MRI를 찍기 위해 영상실로 들어갔다.

그의 틀니를 빼야 한다. 여기서 그의 고집이 얼마나 센지 입증되었다. 틀니를 뽑아내기 위해 남자간호사는 실랑이를 벌인다. 입을 전혀 벌려주지 않는다. 강제로 입을 벌리려고 하다가 손가락을 물릴 뻔했다.

어쩔 수 없이 마취를 하고 뽑았으나 그는 마취의 마지막 순간까지 자신의 틀니를 지키려고 사투를 벌인다.

남자간호사는 붉은 얼굴로 긴 한숨을 내쉬며 퇴장을 한다. 입속으로 뭐라 중얼거리면서 말이다.

진단결과가 나왔다. 주치의는 왼쪽 뇌에 혈관이 막혀 뇌경색이 심하게 와있고, 오른쪽 뇌도 오래전 약하게 발병된 사실이 있다고 하였다.

편마비가 있고 말을 할 수 없는 장애증상이 있다고 희망 없는 부정적 결과에 대해 보호자인 해월에게 애써 친절한 표정으로 설명을 하고 있었다.

해월은 눈앞이 캄캄하고 가슴이 쓰려 아파왔다. 그토록 건강하다고 자부하던 분이 몇 년 전부터 병이 진행되었을 텐데 자식들에겐 전혀 내색을 하지 않았다. 아니 알았어도 워낙 병원을 싫어하기 때문에 진료를 받지 않았을 것이다.

오래전 심하게 몸이 아플 때에도 보건의료원에 입원하였는데 의사의 권고에도 불구하고 하루만에 퇴원을 하였던 것이다. 그것이 뇌경색의 전조 증상이 아니었을까.

아버지는 가톨릭병원에 입원을 하게 되었다. 해월이 간병을 맡았다. 간병은 해월에게 처음 있는 일이었다. 자신이 이런 일을 맞아 할 줄 몰랐고 간병은 더더욱 그랬다.

그래도 그는 수행자여서 마음 쓰는 법을 조금 알기에 요즘 간병의 힘든 일도 마다하지 않고 해내는 중이었다. 또 그 말고는 전적으로 간병에 나설 사람도 없었다.

처음 아버지의 몸은 무거웠다. 침대에서 환자가 몸을 움직이려다 낙상할 뻔 한일이 많았다. 그럴 때면 해월이 침대에 올라가 몸을 바로 잡아준다. 순간적인 위험한 상황이 번번이 일어난다. 한시도 환자에게서 눈을 돌릴 수가 없었다.

아버지는 아직 인지가 돌아오지 않아 세 살 어린이의 정신 수준이었다. 고집이 강해서 마음 내키지 않는 일은 절대로 하지 않는다. 입을 벌려서 밥을 못 넘기기에 콧속으로 음식을 전달하는 비위관으로 영양식을 공급해준다.

누구한테 배운 적이 없는 간병일은 주위의 눈썰미로 해나갔다. 막상해보니 미진하고 실수투성이 그 자체였다.

처음에 제일 어려운 것은 기저귀를 가는 일이었다. 처음 만져본 기저귀는 위아래 구분을 하지 못하였다. 어떻게 하는지 아무리 들여다보아도 이해 되지 않았다.

아버지는 간병인에게 전혀 도움을 주지도 않았다. 기저귀를 갈라치면 이리저리 몸을 움직이고 만다. 기저귀 차는 자체를 싫어하는지도 모른다.

한번은 똥 기저귀를 갈다가 심하게 몸을 요동치는 것이었다. 어쩌면 인생은 가기 싫어하고, 하기 싫어하는 상황으로 흘러가는지 모른다. 그러나 이러한 일들을 해내고 풀어나가는 과정에서 참된 어른이 만들어지는 것이다.

침대시트와 환자 옷과 몸에 똥이 범벅이 된다. 해월의 손과 얼굴에도 똥으로 화장을 한 사람처럼 파편이 낭자하다. 역겨운 똥내가 코앞에서 질러댄다. 물티슈로 얼른 닦아내고 잘 움직이지 못하는 아버지를 억지로 목욕시키고 앉혀 드렸다.

정말 힘든 사람처럼 해월은 힘없이 축 늘어져 고개를 떨어뜨린다. 눈에는 눈물이 고여 있다가 하염없이 흘러내린다. 강원도 토굴에서와 마찬가지로 누구하나 도와주는 사람이 없었다.

'이것이 내 인생의 수수께끼란 말인가?'

시간이 지나 갈수록 코앞에서 진동하는 병원의 약품냄새 때문에 현기증이 일어나고, 무릎이 아파왔다. 스트레스와 피로가 쌓여 눈을 잘 뜨지 못하고 침침해져 희뿌옇게 보였다.

점점 지쳐간다.

간병 일이 세상에서 제일 힘든 일처럼 느껴졌다.

'붓다는 이 세상에서 간병하는 일이 가장 큰 복을 짓는 일이라고 했다.'

복을 짓는 일은 생각처럼 쉽지 않았다. 막상 실천에 옮기는 일은 여러 번민에 휩싸일 때도 있었다.

어느 때는 바닥에서 자유롭게 기어 돌아다니는 개미가 부러웠다. 시골 똥통 속에 빠져 헤엄을 치는 개구리가 신선처럼 생각되었다.

밤 9시쯤 하루 일과를 마치고 편의점의 기다란 의자에 앉아 팥이 통통한 아이스크림을 사먹는 일이 해월에게서 유일한 낙이었다.

해월이 간병 일을 자처해서 하는 이유는 진심으로 아버지를 존경하고 자신을 있게 해준 고마운 마음이 있기에 똥오줌을 받아내는 일이 더럽다고 느껴지지 않았다.

경계에 빠진 자신의 수행을 한 단계 끌어올리기 위해 아버지와 세상에 진 빚을 조금이나마 갚기 위해 몸과 마음이 지치고 힘들더라도 이를 악물고 해나가는 것이다.

그나마 조그마한 수행의 힘을 얻어서 여기에 나를 붙들어 놓은 것이다. 마음수행이 이렇게 죽어가는 마음을 일으켜 세우고 활기찬 에너지를 불어넣을 줄 몰랐다. 마음수행이 밝은 미래를 약속해

주는 등대지기 시스템인 줄을 몰랐었다.

해월에게 가장 하기 싫고 힘이 드는 일은 침대에 아버지를 묶어 두는 일이다. 어떤 이는 말한다.

"비록 부모이지만 병원에서는 환자로 바라봐야 한다."

조금만 눈을 돌리면 비위관을 잡아빼 다시 끼어야만 했다. 콧속에 튜브를 집어놓는 일은 무척 괴롭다. 눈물이 마를 세가 없다. 그래도 연신 뽑아내신다.

정신없는 몸놀림에 밤에는 떨어져 낙상을 입으실까 두렵다. 화장실을 다녀올 때도 손목을 묶어 놓는다.

작업을 할 때에는 먼저 양해를 구한다.

"아버지 죄송합니다. 잠시 손을 묶을께요."

그럴 때면 해월은 눈물을 흘린다. 가슴 속에서 저며드는 쓰리고 독한 소주를 공복에 마시는 술꾼처럼 해월의 눈은 붉은 취기가 드러난다. 이 일을 언제까지 할까. 차마 못할 일이다.

병원 밖에서 자동차 크락션이 빵~하고 울리면서 정신 차리라고 주문을 넣어준다. 나약한 해월을 강하게 수행을 잘 익게 만들어준다. 얼른 볼일을 보고와 묶은 손을 풀면 게 눈 감추듯 얼른 이불 속으로 자신의 손을 감춘다.

'괘씸한 녀석.'

모든 일이 익숙할 때 주위의 상황들이 보였다. 우리가 입원해 있는 병실은 5인 병실이었다. 모두 뇌 관련 질환을 앓고 있는 할아버지들이었다. 오랜 병고의 생활로 그들의 얼굴은 작은 웃음기마저 사라진 야생의 동물처럼 하나의 행동과 말에 집착을 하였다.

치매에 걸린 할아버지는 끝없이 연설을 하며 똑같은 말을 반복하고 있으니 간병인도 불만을 터뜨리며 포기를 한다. 병실의 분위기마저 늘 다운되어 생명 없는 침묵이 병실을 감싼다. 가끔씩 어린 간호사들의 열정과 분 냄새가 죽어있는 기운을 살려주는 것 같았다.

그들은 열망한다. 언제 죽을지 모르는 무서운 현실에서 생명력 있는 가족의 따뜻한 보살핌을 그리워한다. 다시 어린아이로 되돌아가 털이 포근한 엄마 품이 그리운 오리새끼가 되기로 작심을 한다.

가족 품에 안기고 자연과 함께하고 싶어 한다. 이러한 본능적 꿈을 할아버지들은 매일 꾼다. 그리고 다시 거친 바다 위에 홀로 누워 지낸다.

5명의 간병인 중 해월을 빼고는 모두 여자였다. 그들은 모두 중국동포들이었다. 24시간의 힘든 간병일을 한국 사람들은 외면하고 있는 것 같았다. 전문 간병사들도 너무 힘들게하는 환자는 맡지 않으려고 한다.

옆 병동들도 사정은 마찬가지였다 대부분 여성들이 간병을 하고 가족이 상주하면서 간병하는 일은 드물어 보였다.

보호자의 바쁜 사회생활로 인하여 간병인을 고용하는 경우도 있지만 힘든 일을 애써 피하는 경우가 다반다사다. 앞으로 집안의 대들보이던 며느리들이 집안 어른들을 간병하는 일은 찾아보기 어려울 것이다.

사회와 가족이 빠른 속도로 변해간다. 이제 가족이란 범위는 할아버지 할머니를 배제한 부모와 나뿐이다.

돈으로 세상을 사는 일그러진 가치관이 만연한 시대. 부부들도 개인적으로 돈을 관리하며 노후인생을 설계한다. 즉 너는 너, 나는 나라는 옹졸한 개인주의에 모두들 젖어들어 간다.

사회생활을 하면서 부족한 나를 보충하고 완성시키며, 가족관계에서 자비한 인간의 정을 배우고 실천하는 것이 인생 아닌가.

처음부터 바른 인생길을 걸어 나가는 사람은 드물다. 바른 삶을 가는 것은 자신과의 투철한 싸움이다. 이 시대에는 잘못된 길을 바른길로 인도해주는 어른들이 없다.

인정이 메말라간 재능적인 사이보그 로봇만이 우대받을 세상이 조만간 펼쳐질 것이다. 지금 시대는 무엇인가 대가를 바라고 꼼수를 쓰는 시대다. 인간의 마음을 서비스로 제공하고 돈이나 물질적인 대가를 바라고 있다.

자신의 대가에 만족하지 못하면 화를 내거나 그를 괴롭힌다. 자비와 사랑을 형상화하고 포장을 해서 사람들의 입맛에 맞게 상품화시켜 버린다. 무엇이든 돈과 물질의 입장에서 생각하고 바라보는 삐뚤어진 인생 가치관들이 난무하고 있다.

이런 식으로 세상이 만들어진다면 우리들의 미래는 불을 보듯 황폐한 사막으로 변할 것이 다분한 일이다. 대지에 비와 햇빛이 알맞게 보충해주어야 기름진 땅이 되고 그 땅에 유익한 열매들을 맺게 해주는 일이 사실 아닌가.

인위적으로 만들지 않는 인간들의 멋스러운 사랑의 비와 자비의 햇빛이 결여된 세상은 급속도로 부패하여 곰팡이가 피는 절망스러운 현실을 맞을 수도 있다.

해월은 안타까운 세상 흐름에 눈물을 흘린 적이 있었다. 그러다 간혹 언론매체에서 인간의 따스한 정을 방송하는 것을 보면 뜨거운 눈물을 흘리며 연신 "고맙습니다"를 외쳐댄다.

'당신이 있어서 나는 하늘을 떠다니는 구름처럼…

훈훈하고 편안한 시간을 보낼 수 있습니다.'

언제 어떻게 생을 마감할 줄 모르는 환자에게 병고에 지친 우리들의 할아버지 할머니들의 영혼을 안아주고 응어리진 마음을 풀어주는 일을 가족들이 해나갈 수는 없는 것인가. 정녕 남의 일이란 말인가. 빠른 속도로 변화해 흘러가는 세상이 안타까울 뿐이다.

밤이 되어 잠자는 시간이 되면 그들은 거나한 의식을 치른다. 흰색 커튼이 사방으로 드리워지고 아버진 오른쪽으로 눕는다. 그리고 밑바닥 간이 침상에 누운 자신의 아들과 눈을 맞춘다. 빤히 내려다본다.

자신이 처한 상황을 아는지 모르는지 신기한 듯 아래에 누어있는 사람을 오랫동안 쳐다본다. 아래에 있는 해월도 아버지의 검은 눈동자에 초점을 맞췄다. 해월은 작고 차분한 어투로 아버지에게 말을 건넨다.

"아버지 제가 꼭 지켜드릴게요."

환자의 눈동자이기 보단 천진스러운 개구쟁이 어린아이 눈처럼 익살스러움이 빛났다. 그의 눈에는 많은 추억을 간직하고 있었다.

고등학생시절 축구부 단원 15명과의 대결은 잊히지 않는 사건이었다. 축구부와 시비가 붙어 잘못하면 집단 몰매를 맞을 수도 있었지만 그의 재치 있는 깡다구가 몰매에서 벗어나게 하였다.

청년시절에는 가방 하나를 메고 오지를 돌아다니는 무전여행을 좋아했다. 학교에 있는 느티나무 밑에서 잠을 청하다 청개구리 한 마리가 얼굴에 떨어져 놀라 도망친 일들이 녹아있었다.

그의 눈동자 밖에는 바람이 불고 있었다. 차가운 삭풍이 일어난다. 세상과 벽을 쌓고 살아온 강한 의지와 그의 한스러움의 때가 묻은 무섭고도 시린 냉정한 눈초리였다.

해월은 병원생활이 잘 맞지 않았다. 특히 예민한 성격 탓에 여자 간병인들과 한 병실에서 생활하는 것이 불편했다. 잠자리가 바뀐 것에도 적응하지 못했다. 그렇지만 온몸과 마음이 지쳐 밤이 되면 그대로 곯아떨어져 다음날 힘이 보충되면 아버지를 돌보는 일상이 계속되었다.

그는 누더기를 벗어버리고 산적 같은 수염을 밀어버렸으며, 청색 운동복을 입고 생활을 한다. 일반 사람들이 보기에는 그가 무엇을 하는 사람인지 잘 모를 것이다. 그저 어설픈 남자 간병인으로 비쳐질 것이다. 산속에 앉아 고고하게 마음을 닦는 수행자인지는 아무도 모를 것이다. 그는 조용하고 내색하지 않는 성격에 말을 줄

여가며 무언 속에서 나를 찾는 마음공부를 해가고 있는 중이다.

그전에 해월의 숨통을 조이고 막혀있던 내면의 거대한 벽들이 조금씩 무너져 내리는 기색이 보인다. 하늘처럼 높이 솟았던 장대들이 춤을 추며 땅을 향해 무릎을 꿇고 찐한 눈물을 흘린다.

육체적 고통과 정신적 스트레스 속에서 버러지들의 행진은 그치고 고요한 무우수 꽃이 필 여건들이 만들어진다. 마음속에 신령스러운 연못을 만들 준비를 하고 있다.

억만 겁을 따라다녔던 해월의 권속들이 이제 기지개를 펴며 깨어나고 있었다. 해월에게 간병은 이제 살아있는 마음공부가 되어가고 있었다.

수행을 해도 힘을 얻지 못해 아만에 물들어 병들어가는 죽은 공부가 아니라 많은 사람들의 행복과 평화를 이끌어내고 내면이 충실하게 익어가는 살아 숨쉬는 공부를 해나가고 있는 중이었다.

간병인들은 대부분 중국동포들이었다. 병실에는 세 명의 중국동포 여자 간병인과 한 명의 한국 여자 간병인 그리고 수행자 해월이 있었다. 여자 간병인들은 오랫동안 힘든 일을 해서 그런지 몸집이 좋아 힘이 있어보였다. 그러나 그들은 지친 기색이 역력하여 얼굴이 일그러져 있었다.

그중 한 여인이 일반인들과 다른 느낌의 해월을 눈여겨보고 있었다. 상대적으로 예쁜 얼굴을 가지고 있었고, 몸매도 섹시하고 이상적인 여자의 몸을 타고난 것 같았다. 입술은 립스틱을 바르지 않아도 선홍빛이 흘러나와 살인적 미소를 지으면 한쪽만 만들어지는 보조개와 잘 매치가 되었다. 자기관리를 잘하는 여성이었다.

해월도 얼굴뿐만 아니라 마음 씀도 착해 보이는 이순덕이라는 여자가 눈에 들어왔다. 요즘처럼 진실하지 않는 세상에 순수하게 살아가는 여인에게 관심의 눈이 저절로 갔다. 때가 묻지 않은 사람과 하루 종일 이야기 하고픈 것이 요즘 해월이 가지는 소망이었다.

몇 번씩 예상치 못한 장소에서 마주친 그녀는 가볍게 눈인사를 하다가 며칠 전부터 해월과 가벼운 대화를 하고 있는 중이었다. 대화를 할수록 매력적인 목소리와 순수한 영혼을 간직한 그녀에게 점점 빠져드는 것만 같았다.

진흙탕에서 아름다운 연꽃이 피어 향기로운 냄새로 사람의 정신을 앗아가듯이 이런 모래사막 같은 현실에서 탐스러운 하얀 작약꽃을 발견한 자신이 믿겨지지 않았다.

더욱이 그녀는 부드럽고 상냥한 말로 해월에게 관심을 주고 있었다. 이순덕도 어느 남자보다 착한 얼굴에 자상함이 배어 있어 보였고 행동거지가 섬세하고 미끈한 게 어디에도 걸림 없이 일을 해나가는 해월이 그의 넓은 어깨만큼이나 듬직해 보였다.

그의 눈은 보통 사람들의 눈동자와는 달랐다. 수행으로 내면이 맑아졌고 당황스럽고 힘든 일이 벌어지더라도 마음은 큰 요동이 없었다. 마음수행의 결과로 육체에서 중후한 기운들이 해월을 감싸고 있었다.

그녀는 병원의 일들을 손바닥을 보듯 잘 알고 있었다. 해월이 그녀에게 물었다.

"무슨 일을 하셨어요?"

"예, 중국에서 간호사를 했습니다."

그녀는 약간 흥분한 어투로 대답을 하였다.

"음."

그래서 그런가 낯설지 않게 환자들을 잘 돌본다고 해월은 생각했다.

"그러면 간호 일을 맡아서 하시지 힘든 간병일을 하십니까?"

해월이 안타까운 표정을 지으며 물었다.

선홍빛 입술이 열리면서 그녀가 말을 이어갔다.

"아직 한글을 쓸 줄 몰라서 간호사 일은 못해요."

그러면서 새하얀 이를 살짝 벌리며 약한 미소를 지었다.

이젠 이순덕 그녀가 굳게 입을 다문 해월에게 질문을 한다.

"아저씨는 환자하고는 어떤 관계이세요?"

아저씨라는 말에 해월은 깜짝 놀랐다. 아니 정말로 오랜만에 들어본 단어였다. 해월은 오랫동안 사람들과의 왕래를 끊어가며 수행에 집중하였다. 그래서 그에겐 남다른 호칭이 없었다. 아저씨란 말이 참 정감있게 들려왔다.

"아버지입니다."

처음 어렵게 간병일을 하는 해월을 떠올리며 요즘 젊은 사람들은 힘든 일은 잘 안하려고 하는데 효자라고 말을 이어갔다.

해월은 머쓱해한다.

"당연히 해야죠."

강하고 단호하게 말을 내뱉었다.

잠시 침묵이 흐르고 그녀가 다시 물었다.

"무엇을 하시는 분이예요?"

창문 밖의 태양이 따뜻하게 그들을 바라보며 비춰주고 있었다.

"나는 수행자입니다. 마음을 닦아 행복과 안락을 얻기 위해서이죠."

해월의 대답에 약간 당황한 듯. 자기 고향의 절을 떠올린다.

"그럼 스님이신가요?"

해월은 하하 하고 웃으며 묘한 대답을 건넸다.

"나는 스님이기도 하고 스님이 아닐 수도 있지요. 난 그냥 수행자예요. 평화를 사랑하는 사람이고… 이 세상에 평화를 실현시키기 위해 일생을 바치고 싶은… 평화를 만들어내는 평화 전도사라고 할 수 있지요."

이 순덕은 해월의 사자 울음소리 같은 힘찬 말에 빨려 들어가는 느낌이 들었다.

"평화가 무엇이예요?"

문득 이순덕은 거창한 대답을 상상하며 질문을 던진다.

"평화는 안온하고 화목한 상태를 말합니다. 내 마음 안에서 옳고 그름의 시비와 욕심이 없어지고, 마음속이 시원하고 텅 빈 상태가 지속되어 안정을 되찾는 것입니다.

먼저 개인의 평화가 이루어지고 나면 너와 나의 장벽이 무너지고, 장벽이 무너져야 우리 모두 마음이 열리는 것입니다. 마음이 열리면 아름다운 꽃들이 피어나 세상에 꽃들로 장엄을 합니다. 그렇게 장엄한 배경무대 위에 순수하면서 신비한 세계를 만들어 가는 것입니다."

간절함이 베어 나오는 그의 대답에 새롭고 멋스런 세상을 바라보는 것 마냥 들뜬 마음을 누그러뜨리며 다시 물었다.

"개인의 평화는 어떻게 만들어야 합니까?"

이순덕의 핵심을 찌르는 질문에 해월은 잠시 망설이며 이내 답변을 열어간다.

"누구나 가지고 있는 존귀한 성품을 다시 회복하는 일입니다."

잠시 침묵이 흐르면서 차분하게 말을 이어나가는 중이었다.

"우리들은 모두 성인과 같은 위대한 마음가짐을 가지고 있습니다. 그런데 이러한 우리의 본 모습을 알지 못하고 보지 못하고 있습니다."

"왜 이러한 현실이 만들어질까요?"

"그것은 우리들이 자신을 진실하게 생각하지 않고 바라보지 못하기 때문입니다. 태산을 덮을만할 이기적 욕심과 강한 분노들… 진리를 등지고 살아온 어리석음들이 장벽을 치고 성을 만들어 놓고… 너와 나를 구분하듯이. 내면과 밖을 만들어 바깥으로만 달리는 이기심에, 자신의 본 모습인 내면을 두려하고 차단해 버리기 때문입니다."

병실에는 묘한 기운이 감돌기 시작했다.

해월의 힘찬 열변에 간병인들과 환자들이 귀를 기울여 듣자, 해월은 뿌듯한 기운이 몸을 타고 전해오는 것을 느꼈다. 해월은 약하게 경련을 일으켰다. 그리고 이내 다시 한 번 열변을 토해낸다.

"그렇습니다. 우리들은 누구나 가지고 있는 마음을 더러움에 물들지 않고 바르게 다스리고 이끌어내어야 굳게 닫혀있는 이기적인 나를 열어젖힐 수 있고, 그때 광명의 아티스트가 되어 평화를 만들어냅니다.

공명 속에 담겨진 멋진 음성으로 행복을 노래하여 어둡고 깊은 잠에 들어간 사람들을 깨워서, 조건이 없고 포장을 하지 않는 세상, 멋스럽게 즐기는 정열의 땅에서 다 같이 자신을 표현해내는 것입니다."

오랜만에 들어보는 색다른 주제에 대해 모두가 흐뭇한 표정을 짓고 있었다.

여자 간병인을 그들은 여사님이라고 부른다. 여사님들과 한 병실에서 생활하는 것은 해월에게는 여간 불편한 것이 아니었다. 특히 세면대와 샤워장이 같이 붙어있는 화장실을 사용하는데 어려움이 많았다.

해월은 아직 결혼을 하지 않은 총각이라 여자들과의 공동화장실 사용이 무척 쑥스러운 것이 사실이었다. 얼마 전 일어난 불미스러운 일들이 아직까지 해월의 머리를 떠나지 않고 있었다.

평소와 다름없이 저녁일과를 마치고 화장실을 사용하려고 무심히 화장실 문을 열고는 그 안에서 벌어진 상황이 무척 당황스러워 깜짝 놀랐다. 마음속 깊이 잠재되어있던 원초적 본능이 고개를 들어 그를 괴롭혔기 때문이다.

그저 아무생각 없이 문을 열고 들어가려고 하는 찰나 자신의 눈을 의심했다. 그의 눈에 선명하게 보이는 것은 하얗고 풍만한 여인의 전라가 펼쳐진 나체였다.

어떻게 이런 일이 생긴 지는 모르겠으나. 샤워하러 들어간 젊은 여사님이 실수로 문을 잠그지 않았고, 샤워에 열중하는 매끄럽고 부드러운 여인의 탐스런 육체를 본의 아니게 보게 된 것이다.

탄력이 넘치는 은빛 테두리의 터질 듯한 가슴과 짙은 분홍색의 젖꼭지는 난생 처음 보는 여인네의 육체였다.

순간적으로 거무스름한 사타구니의 모습들이 눈에 들어온 순간 해월은 심장이 미어터질 듯한 강한 압박감을 느꼈다.

세포들이 순식간에 내면을 등진 채, 거대한 힘을 받으며 밖으로 튕겨져 나가빨가벗은 여인을 안고 싶어했다. 몸은 뜨거워져 갑자기 식은땀이 흘러내린다.

여인도 당황한 듯 얼떨결에 짧은 외마디 비명을 질러댔다.

얼른 문을 닫고 정신없이 커튼이 쳐진 간이 침상에 안아 불규칙한 호흡을 가다듬으며 염불을 힘차고 빠르게 외웠다.

"관세음보살…"

해월은 성인 여자의 전라의 몸매를 본 것은 이번이 처음이었다. 흔치 않은 동정남이었다.

어릴 적 동네 개울가에서 미역을 감을 때 또래 여자아이의 몸을 본적은 있었으나 별 다른 감정이 있는 것은 아니었다. 사춘기 때 친구들과 돌려본 외국 여인의 나체 사진에 강한 호기심이 들었으나 마음으로 억눌러 버렸던 기억이 남는다.

염불을 열심히 외운 덕분인지 꿍꽝 꿍꽝 뛰던 가슴이 다시 안정되었다. 해월은 자신의 수행이 어느 정도 되어있는지 알았다. 그런데 발가벗은 여인의 몸을 대할 때 해야 될 공부가 많았고, 갈 길이 먼 철부지 나그네인 줄 알아차렸다.

그후로 잠을 청하면 그때의 매끄러운 나체의 영상이 눈에 선명하게 그려져 수행자를 괴롭혔다.

여인의 몸을 그리워하는 자신을 바라볼 때 건강한 젊은 사내라는 근원적 문제에 대해 치열한 싸움을 하는 것이 서러워졌고 나약한 인간의 심성이 그를 더욱 힘들게 했다.

어느 땐 환청이 들리기도 하였다.

'이 봐 젊은이. 힘든 수행자 생활을 접고 아름다운 여인과 결혼해서 인생을 즐기다 가는 것도 괜찮지 않은가. 아름다운 여자는 내가 이끌어주지.'

꿀을 발라놓은 듯 달콤한 음성으로 다가왔다. 그들은 더욱 집요했다.

'이제 자네 아버지 이준수는 일어나기 힘들어 자네가 평생 수발하며 모시고 살아야 한다네. 그렇게 되면 튼튼하고 젊은 자네의 몸도 병이 들 걸. 포기하고 편하게 살라고 친구.'

귓속까지 울리던 마귀들의 사악한 소리가 들리면 해월은 고개를 세차게 흔들며 자신의 꿈을 되새겨 강한 최면을 걸었다.

'나는 섹스의 욕락은 필요 없다. 너희들이 나를 유혹해도 나는 많은 사람들의 행복과 평화를 위해 나의 길을 가련다.'

그렇게 마귀와 몇 날 며칠의 사투를 벌인 어느 날부터는 환청도 들리지 않았고, 여체의 영상마저 사라져 고요를 되찾았다. 그는 사악한 내면의 마귀와의 싸움에서 승리를 거둔 것이었다. 그날 이후로 간병 일도 몸에 익어 쉬워졌고, 가끔씩 입에서도 그가 좋아하는 노래 '넬라 판타지아'의 가사를 조그맣케 흥얼거리며 하루를 보낸다.

Nella fantasia io vedo un mondo giusto,

넬라 판타시아 이오 베도 운 몬도 지우~스 토

Li tutti vivono in pace e in onesta.

리 투티 비보~노인 빠케에 인오네스타

Io sogno d'anime che sono sempre libere,

이오 소뇨 다니메. 체 소노 쎔쁘레 리베레

Come le nuvole che volano,

콤에 레 누볼레 체 볼~라노

Pien' d'umanita in fondo all'anima.

삐엔 두마~니~타 인 폰도 알라 니마.

....

해월의 전생

해월이 노래를 마치는 순간 하얀 광채가 그를 감싸 안는다. 무의식적으로 따뜻하고 고차원적인 빛에 몸과 마음을 맡기고 지극한 고요와 평화를 맛본다.

하얀 광채는 해월을 지켜본다. 그리고 자비스러운 미소를 보낸다. 인간의 눈에 띄지 않는 이 하얀 광채는 아주 오랜 세월 전부터 해월을 따라다니고 지켜주며 인생의 길을 알려준 스승이었다.

어렸을 적부터 외로울 때는 친구가 되어주었고, 위험과 고통 속에서 울부짖는 현실 속에서 이끌어내었다. 그러나 어린 개구쟁이는 이러한 사실을 모르고 때론 신비한 환상 속에서 뛰어놀곤 하였다.

신비스러운 하얀 광채는 먼 전생에서부터 해월의 스승이었다.

해월은 전생에서부터 깨달음이 완성 될 거라는 예언을 받은 수행자였다. 스승이 언제부터 해월을 가르치고 수호하였는지는 정확히 알 수 없었다. 그의 나이와 행적을 알 수 있는 것은 아무것도 없다. 오백 살이라고도 하고 수천 살이 넘는다는 소문만 전해지는 것뿐이다.

그의 이름은 '군야'이다. 혹은 '관음대사'라 불리기도 하였다.

스승 군야는 변화가 자유자재 하였지만 그의 본래 모습은 키가 일백오십 센티미터 정도이고 몸에는 범접하지 못할 기운들이 감싸 흐르며 사람들의 눈과 마음을 끌어들이는 묘한 상황을 만들어낸다.

머리는 동그랗고 머리카락이 없으며, 오른쪽과 왼쪽이 복숭아처럼 살짝 갈라져 있었다. 이마에는 주름살이 많았다. 눈은 봉황과 호랑이 눈을 달아 놓은 듯 하였고 코는 복스러워 웅담을 매달은 것만 같았다. 입은 크지도 작지도 않고 굳게 다물고 있으면서도 말재주가 끊임없이 분출되는 신비스럽고 웅장한 목소리를 뱉어낸다.

피부는 노인의 피부처럼 마른 검버섯이 피어 수분이 없어 보였지만 매끄럽고 탄력이 있었으며, 손과 발은 의외로 컸다. 눈썹은 스프링처럼 돌돌 말려 용의 모습을 닮아있었다.

옷은 뭇 성인들이 입고 다니는 펑퍼짐하고 편안한 긴 옷을 즐겨 입는다. 평상시에는 빛으로 다니고 머물며 마음의 평화를 즐기지만 때로는 자신의 모습을 드러내기도 한다. 몸을 드러내 놓을 때면 사향이 사방으로 잔잔하게 흘러 퍼져나간다.

해월은 전생에 광음(光音)의 선신들이 머무는 하늘나라에 살고 있었다.

수행자의 경지에 따라 살고 있는 하늘이 정해지는데, 그가 사는 하늘은 높은 경지를 이루어낸 하이클래스들의 고색계였다.

고색계는 색계와 무색계의 중간단계인 맑고 고운 물질이 남아있는 천상의 세계이다. 욕망은 끊어졌지만 아름다운 육체를 가지고 있는 세계이다. 이곳 천상의 사람들은 고통과 고난이 없는 즐거움과 광음을 먹고 마시며 서로 소통하는 언어로 사용하고 있다.

고색계의 하늘나라 사람들은 해월을 일미법사라 부른다. 용모는 훤칠하고 단정하였고, 사람들의 호감을 줄 정도로 잘생겼으며, 하얀 법복을 즐겨 입고 다녔다.

일미법사는 천인들과 친근한 대화를 나누며 선정을 즐기고 우주의 고풍스럽고 아름다운 빛과 소리를 끌어들여 내면을 정화하고 아직 완성되지 않은 공부를 해나가고 있었다. 그러나 천상세계에서 하는 천년의 공부는 지상의 하루 공부만도 미치지 못하였다.

이러한 이치를 알기 때문에 그는 언젠가는 지상으로 내려가 공부를 완성시킨다는 확고한 생각을 가지고 있었다.

무심히 공허한 광음의 하늘세계를 바라보는 어느 날, 스승 군야는 말끔하고 훤칠한 일미법사를 찾아온다. 제자는 스승의 발에 입을 맞추며 깊은 존경의 마음을 표현해낸다.

스승 군야도 극치의 자비스러운 눈으로 제자를 바라보며 말을 건넨다.

"요즘 수행은 안하고 선정만 탐닉한다며…?"

"스승님 답답합니다."

"세월만 길 뿐 마음속에는 공부의 성취가 없습니다."

일미법사의 하소연 이었다.

제자의 말에 이해를 한다는 듯 군야는 고개를 조금 움직이며 수행을 좋아하는 제자에게 답을 제시해준다.

"한 가지 방법이 있네."

그의 말에 귀가 번뜩인 제자는 그 방법이 궁금하였다.

"무엇입니까?"

희망찬 어조로 스승의 다음 대답을 재촉하였다.

"지상으로 내려가 공부를 완성시키는 일이라네."

일미 수행자는 광명을 발산하는 스승의 입에 눈과 귀를 고정시켰다.

스승은 다시 말을 이어간다.

"그러나 이전에 공부했던 것은 다 없어지고 새로이 시작하는 걸세."

일미의 미간이 오므라진다. 지상에 내려가야만 공부를 완성시킬 수 있다는 것을 알았지만, 하강하는 일은 스승의 허락 없이는 안 되기 때문에 언젠가는 스승님에게 말씀드리겠다는 생각을 가지고 있었다.

그런데 하강을 하게 되면 그전에 공부했던 것을 다 지워버리고 새 출발을 해야 한다는 말을 듣고 그는 잠시 생각에 잠긴다.

지구가 머무는 세계는 고난과 고통의 사바세계이다. 그런 고난의 세계에서 깨달음을 완성시키는 일은 뜻깊은 일이다.

하지만 자칫 잘못하다가는 지구의 속인으로 영원히 빠져버려 윤회의 쳇바퀴속의 롤러코스트를 타는 것이 아니겠는가.

내가 지구의 사바세계에 태어난다고 해도 다시 수행자의 길을 걸으라는 보장은 알 수 없다. 그러나 이 기회를 놓친다면 나의 공부는 끝내 완성시킬 수 없을 것이다.

아! 높은 하늘세계에도 동전의 양면을 선택해야 하는 갈림길이 있을 줄이야.

일미법사는 순간적으로 자신이 선택해야 할 일이 아님을 알아차렸다. 수행완성의 길을 최고의 목표로 삼은 그는 선택의 여지가 없었다.

아니 꼭 나는 지상으로 내려가야 한다. 그래야만 내가 생각했던 이상적 세계를 만들 수 있을 것이다.

"지상으로 내려가겠습니다."

단호하면서 강하게 스승님에게 말씀드렸다.

"자네는 오랫동안 이곳 고색계에 살아서 지구세계의 고난과 고통은 잘 모를 걸세. 그래서 자네는 태어났다가 불의의 사고로 죽음을 맞이함으로서 인간세상의 고난과 고통을 맛보게 될 걸세."

스승은 자세히 일러주었다.

"다음 생을 이어가면서 깨달음의 완성이라는 수수께끼를 풀어나갈 거야. 만들어지고 이끌어지는 상황과 배경이 어떻게 펼쳐질지는 아무도 모르지. 수행의 완성은 이렇게 어려운 것이야. 이래도 해 보겠나?"

일미법사의 마음을 시험하듯 스승 군야는 겁을 잔뜩 주며, 따가운 제자의 시선을 피했다.

"저는 오로지 수행을 완성하여 모든 이들과 함께 이상적 행복을 영위하는 꿈을 꾸어왔습니다. 지금도 그 꿈을 위해 모든 것을 바친다는 각오를 다지고 있었습니다. 이번 기회에 사바세계로 내려가 그동안 공부해왔던 것을 시험해보겠습니다."

일미법사의 사자와 같은 우레에 허공은 자취가 사라져버리고, 투명한 빛줄기와 빨간색의 거대한 빛줄기가 서로 맞대며 끝없는 우주로 뻗어나간다.

그동안 보이지 않았던 묘한 사물들이 영상의 스크린처럼 수를 놓는다. 거대한 용이 여의주를 물고 비상하고 찬란한 봉황이 자신의 깃털을 다듬으며 웅장한 목소리로 노래를 한다.

금사자들과 은빛의 동물들이 하늘나라를 뛰어다닌다. 모하스 함대에 힘찬 시동소리가 들려온다.

이런 멋지고 황홀한 영상에 하늘구름이 걷히고 나니 아름답고 신비스러운 괴암 괴석들이 즐비한 산들이 끝없이 펼쳐져 있었다.

신비한 산에서 굉음을 내는 맑은 폭포수가 떨어지면서 우주의 거대한 태양빛을 흡수하니 세상의 명약은 이 물에서 비롯되었다.

잠시 잔잔하고 고요한 바람이 불더니 평소 일미법사와 마음이 통하는 자비장군이 나타났다.

자비장군은 이름처럼 자비스럽게 생겼다. 몸집은 통통하고 광채가 흘러나왔고 머리에는 황토색의 두건을 쓰고 악기를 들고 다니며 천인들에게 자비심을 생기도록 노래와 음악을 들려준다.

자비장군은 군야에게 제자의 인사를 드리며 곧 바로 말을 꺼낸다.

"지금 지구세계에는 사악한 신들이 활개를 치고 다닌다고 합니다. 지구 사람들은 그들의 사탕발림에 놀아난다고 합니다. 자신들의 존재를 망각한 채 악행을 하고, 그것이 악한 일이란 사실을 모른 채 세상을 오염시키며, 희망의 불꽃마저 사라져 괴로움의 비탄에 빠뜨린다고 합니다."

스승 군야는 두 눈을 지그시 감고 있다가 말하였다.

"광음의 세계에서 추방당한 천인들의 짓이다. 그들은 이곳에서 얻은 신통을 가지고 지상으로 내려가 무차별한 악행을 일삼는다는 말을 들었네."

자신의 말에 더욱 힘을 실어 군야는 다시 말한다.

"지구라는 별의 운영 시스템에서는 그들과 대처할 힘이 없다. 아니 가지고 있지만……"

군야는 말을 잠시 멈추고 허공을 주시한 채 다시 이어간다.

"그들을 대처할 방법은 오직 마음을 잘 컨트롤하고 다스려야 하는 걸세. 그런데 지금 지구세계는 과학과 산업이 발달해서 물질만능의 세상이 돼버렸지. 치졸하고 허망한 욕심으로 세상을 가득 채운 사람들은 정신과 마음의 성숙 을 져버리니, 불타는 사악한 이들에게 뜨거운 기름을 부어주는 격이지."

자비장군은 스승 군야의 말에 공감을 하는 듯, "예. 그러면 악한 무리들을 물리치는 방법은 없습니까?"

군야는 기다렸다는 듯이 말을 이어나간다.

"그것은 지구세계에 대성인이 나타나서 잃어버리고 커져가는 성스러운 마음에 등불을 켜주는 일이야… 저렇게 지구세계를 방치해 두다가는 우리들의 분신인 사람들이 근원적 세포마저 변형돼 악귀들로 만들어진다네."

군야의 말엔 비장함마저 감돌았다.

"악귀들이 판치는 세상이 되어간다면 말이야 우주의 만물들이 정보와 마음을 함께 공유하면서 서로 주고받는 종합 네트워크 시스템이 붕괴돼 버린다네."

듣고만 있던 일미법사가 스승에게 물었다.

"인간들은 왜 자신들의 아름다운 마음을 버리고 악령의 전도사가 되어가는 것입니까?"

"그것은 자신의 원래 모습을 모르기 때문이야."

강한 의구심이 일어난 일미법사가 다시 물었다.

"그들의 원래 모습이 무엇입니까?"

군야가 말을 이어간다.

"우주라는 자취도, 시간과 공간도 없었던 아득한 옛날 어디선가 오색찬란한 작은 광명행성이 나타났지… 그 오색찬란한 광명은 오랜 세월 동안 빛을 발하고 팽창하여 커지기를 반복 하다가 엄청난 폭발을 해버렸던 거야. 그 큰 폭발로 인해서 광명의 파편과 분실들이 사방으로 퍼져나가 세상을 만들어나가는 시간과, 사물을 분간할 수 있는 공간의 개념이 만들어졌던 거야. 시간과 공간을 배경으로 우주는 그때부터 시작되었다네.

시간은 거대한 우주를 만들어 어떤 것도 따라오지 못하는 신비와 진리의 보배창고로 진화시켰지.

공간은 자신 속에 스며든 인연화합의 고차원적인 에너지를 이용하여 끊임없이 팽창시켜서 우주공간에 신비한 블랙홀을 만들어내고 다른 태동의 우주를 만들어 나갔던 거야."

자비장군은 짧고 작은 외마디의 감탄사를 지른다.

"음."

"찬란한 광명의 분신들은 자신들을 변화하고 화합하여서 무수한 미소립자와 기본적인 물질을 만들어 진화하였고, 광명이 펼쳐나가는 파장은 시간과 공간의 힘을 얻어 소리로 만들어졌다네. 이렇게 우주는 쉼 없는 자기운동으로 진화하면서 펼쳐져 있는데 말이야…"

군야는 잠시 입을 다물고 생각을 추슬렀다.

"진화하는데 일부 게으른 존재와 반감을 가진 광명의 분신들이 우주의 질서에 순응하지 않고 욕심을 내었던 거야. 나와 내 것이라는 반 우주적 행위를 만들어 갔던 것이지. 그렇게 해서 동물과 식물 그리고 생물과 무생물 등 각종 물질들이 탄생한 걸세. 욕심과 게으름이 자신의 모습을 바꾸어 놓았던 거지. 이것이 지상에서 말하는 소위 원죄라는 것일세."

군야가 우주에 숨겨진 비밀을 설명하자 태초에 강하게 풍겼던 엄마 품 같은 안온한 맘스향이 진동하였고, 소리가 없이 퍼지는 우주음악이 하늘대중을 감싸 안는다.

휘엉차게 흐드러진 나무 위에서 태생을 알 수 없는 수많은 새들이 옥구슬 같은 소리를 내며 우주의 비밀을 말하는 군야를 찬탄하였다.

일미법사는 자신의 거처로 옮겨온다. 그리고 수행을 이어간다. 얼마 후 그는 홀로 선정 속으로 들어간다.

깊은 선정 속에서 지구상의 수많은 사람들을 바라보니 많은 이들이 시기와 질투 속에서, 알면서 또는 모르게 악행을 쉽게 생각하고 저지르고 있었다.

오로지 자신의 욕심을 채우려하는 강한 이기심만 기르는 아구스적 동물로 점점 변해나가는 것이었다. 그들의 정신은 이미 심하게 오염되어가고 있었고, 영혼은 작은 테두리 안에서 절규하고 있었다.

그들의 미래도 과학과 물질문명이 발전하여 풍요로운 생활을 하고 있었으나, 개인적 이기심은 더욱 강해져 작금의 현실이 바로 이어가 무수히 많은 뱀 머리 메두사의 강한 에너지가 가득해 암울한 세상으로 달려가고 있었다.

나 개인의 힘으로 깨달음을 완성해 위대한 성인이 되어도 그들의 아구스적 행동과 욕심으로 가득한, 일그러지고 피폐한 양초의 모습처럼 재기불능의 사실이 찢어지는 가슴을 더욱 아프게 하였다.

이제 수행을 포기하고 이 하늘나라에서 평화스럽게 즐거움을 만끽하며 살고 싶었다.

그러나 깊숙한 역사의 현상을 자세히 들여다보니 악한 마음으로 허물을 만들어가는 인간들이 그 속에서 자신도 모르게 근원적 성인의 마인드를 그려나가는 일들에 실낱같은 희망이 샘솟음을 보게 되었다.

일미법사는 결심한다.

'난 꿈을 이루기 위해 수없는 생을 이어왔다. 그래서 지금 이 지위까지 올라왔지. 비록 지상에 내려가 새로 시작하더라도 난 이제 여한이 없지 않는가. 아니 영원히 깨달음의 씨앗이 싹트지 않아 끝없이 생사 속을 헤매다 부랑자가 되고, 어리석은 동물로 다시 태어나도 즐거운 마음으로 중생을 받들어 모실 것이다. 내가 진정으로 사랑하는 건 고통 속에서 신음하는 중생들이다.'

그는 다시 굳게 마음을 다잡는다.

스승인 군야를 찾아가 지상으로 내려가겠다는 자신의 굳은 결심을 말한다.

군야는 그의 얼굴을 바라보며 알았다는 듯 다시 물어본다.

"결심이 섰는가?"

"예. 스승님. 지상세계에서 오랜 세월 꿈꾸던 일을 시작하려 합니다."

"오랫동안 꿈꾸던 일이 무엇인가?"

스승 군야가 힘주어 물었다.

"이 우주의 많은 이들을 고통에서 벗어나게 하여 행복을 이끌어 이루고, 평화스러운 나라에서 자하심(慈下心)으로 그들을 사랑하고, 그들과 같이 아름다운 세상을 일구는 일입니다.'

스승은 제자의 원대한 꿈을 듣고는 마음속에서 진한 감동의 짜릿함을 느꼈다.

군야는 말하였다.

"지구세계에 내려가서 자칫 잘못하다가는 길 잃은 송아지처럼 넓은 벌판을 헤매다 맹수에게 잡혀 죽을 수 있을걸세. 지금까지 닦았던 마음속 보배를 전부 잃어버릴 수 있다고."

일미법사가 차분하게 말을 이어나간다.

"큰 꿈을 이루기 위해서는 어쩔 수 없는 일 아닙니까? 이 정도의 어려움은 감내해야 하지 않을까요?"

"쉽고 편안하게 살수도 있지 않는가?"

스승의 물음에 그는 간단하면서 강하게 대답을 한다.

"만물을 사랑하기 때문입니다."

"그래 자네의 뜻이 정 그러하다면 어쩔 수 없지 않는가. 그대가 지상으로 내려가면 나도 따라 가겠네. 그러나 자네는 나의 존재를 알지 못할 걸세. 항상 그대를 지켜보고 있을 거야."

일미법사의 위대한 꿈을 스승인 군야는 흡족해하고 있었다.

그는 영원토록 제자를 위하여 곁에서 보호하리라는 결심을 하였다. 스승이 제자를 지키는 역사적 실례가 없는 보디가드 역할을 자처하고 있었다.

그것은 오로지 정신과 물질이 융합되어 완성된 이상적 세상을 만들기 위해서이다. 이러한 일들을 해낼 존재는 오직 일미법사만이 가능하다고 믿어왔기 때문이었다.

지금 일미법사는 고색계 사람들의 출입을 금지하는 망상의 동산에 서있다. 이곳은 말하자면 사바세계는 물론 우주의 모든 국토를 연결시키는 종합 연결망이 있는 곳이었다.

거미줄처럼 희고 맑게 이어진 투명한 관들이 놓여 있었다. 결국 끝없이 펼쳐져있는 대우주는 결국 하나의 거대한 공동체인 마음의 통신망인 것이다.

그는 거대한 빛과 바람이 휘몰아치는 종합 연결망인 화이트홀에 몸을 내던졌다.

'아~ㄱ'

아니 정확히 말해서 마음을 윤회의 바퀴 속으로 밀어 놓은 것이다. 찢어지는 고통 안에서 그동안 살았던 수많은 생들이 영상처럼 흘러간다.

어느 생은 거지 부랑자였다. 밥 동냥을 하다가 죽도록 얻어맞아 살이 터져 곪아 피고름을 흘렸고, 어떤 생은 들짐승으로 태어나 산천을 떠돌았지, 그 후로 술과 여색을 탐하고 퍼마시다가 몇 생을 허비한 일, 착하기만 해서 철저하게 이용 당하고 버려진 수많은 생들, 이제 지극한 고통 속에서 고통은 점점 사라지고 황홀한 환상들이 지나 텅 빈 공간을 맞는다. 그 텅 빈 공간 안에서 섬뜩한 이상한 기운이 나를 쳐다본다는 느낌을 받는다.

고개를 들어 위를 쳐다보니 거대하고 신성스러운 눈이 빤히 나를 쳐다보는 것이 아닌가. 말로 표현할 수 없는 살아있는 형형색색의 눈 속의 눈이었다.

내가 지금 이 고통을 왜 받는지 알고 있다는 듯 지극히 따뜻하고 오묘한 자비스러운 눈이 나를 응원해 주는 것만 같았다.

점점 그 태양 같은 눈과 멀어질 때 청명한 의식은 사라진다. 그리고 굳게 마음먹었던 크고 이상적인 꿈도 서서히 잊어지면서 뿌연 짙은 안개 속에서 가고자하는 방향마저 잃어버렸다.

병원에서 잠을 자던 해월은 너무도 깜짝 놀라 잠에서 깼다. 온몸은 땀에 적셔져 있었다. 블랙홀처럼 거대한 회오리가 몰아치는 스크류 속으로 빨려들어 가는 사람을 쳐다보는 꿈.

꿈속이지만 무섭게 휘몰아치는 회오리와 생생하게 고통의 표정을 짓는 사람의 모습에 잠결에도 심장이 멈출 정도로 강한 충격과 무서움을 느꼈다.

환자는 한 달이 지나도 진전이 없었다. 병원에서는 더 이상 호전되지 못하니 고향의 아버지 집으로 퇴원을 하였다.

아버지는 여전히 목구멍 마비가 돌아오지 않아 비위관으로 식사를 하고 있다. 엄청나게 불편하고 아팠던지 비위관을 수시로 빼니 시골 보건소를 내 집처럼 드나들었다.

힘든 병간호에 해월의 몸에도 이상이 찾아왔다. 눈은 침침해 뿌옇게 보였고, 치아가 심한 통증을 동반하였고, 관절염에 무릎이 이상을 보였다. 몸이 아프고 힘이 들수록 아버지를 보호하겠다는 끈끈한 책임감을 느꼈다.

새로운 토굴생활

겨울이 끝나지 않아 차가운 날씨가 계속되었지만 하늘은 청명하기만 하였다.

해월은 잠시 강원도 토굴에 다녀오기로 한다. 병간호를 동생에게 잠시 맡기고 오랫동안 비워둔 토굴을 살피기 위해서이다. 병간호 와중에도 토굴이 항상 그리웠고 궁금했었다.

해월이 토굴에 들어서자, 그동안 쉬고 있던 터의 기운이 다시 일어난다.

좌청룡의 뇌성벽력 같은 소리에 잠들고 있던 찬란한 생명의 물기운이 길게 휘몰아친다. 호랑이의 으르렁 거리는 땅울림에 만물을 탄생시키는 오묘한 바람이 되돌아 불어 닥친다. 앞산의 주작은 날개를 펼쳐 악의 기운이 침범하지 않도록 철옹성을 만들어 버렸다. 뒤편의 크고 힘찬 현무는 강하고 부드러운 우주의 강한 생기를 불어넣어 대성인의 탄생을 기다리며 지켜보고 있었다.

해월은 이러한 기운을 느끼는 듯 황홀한 신음소리를 내 뱉는다.

'으~음.'

'하~.'

무서운 한파가 여러 번 지나갔지만 계곡에서 끌어온 물도 얼지 않았다. 추위 속에서 힘겨운 전투를 벌인 땅들이 얼음들과 합작하여 로마신전을 방불케 하는 멋진 추상적 건물들을 지어내고 있었다.

말라비틀어진 나뭇가지들이 사명산 주인이 온 것을 알고 물기 빠진 몸으로 '스르륵 스르륵' 파도타기 응원으로 사람과 인정에 지친 나그네에게 힘을 실어준다. 청량 골이 다시 기지개를 펴며 조용히 일어나는 것만 같았다.

때를 기다렸다는 듯이 허공에서 열꽃이 피어난다. 그 열꽃들이 한길이나 쌓인 눈을 녹여 내 님 앞길을 밝게 열어준다. 오랜만에 해월은 토굴에서 두툼하고 빛바랜 방석을 깔고 앉아 좌선을 한다.

잠시 후 번뇌가 사라진 시원하고 텅 빈 법열의 세계가 펼쳐진다. 잠깐 법의 즐거움을 만끽한 배부른 마음으로 좀 더 깊은 선정 속으로 들어간다. 그 때 전화벨이 울리며 수행을 방해한다. 집이었다.

'무슨 일이지?'

불안한 느낌이 일어난다. 전화를 받는다. 동생이 다급하게 말한다.

"아버지가 이상해요. 병원으로 모셔야 할지…"

일단 차분하게 마음을 가라앉히고 해월이 묻는다.

"언제부터 그러신 거야?"

"형님이 떠난 지 얼마 안돼서 그런 것 같아요."

"빨리 병원으로 모셔야지. 얼른 119를 불러. 볼일을 다 봤으니 나도 얼른 출발할게."

다급하게 차를 몰아 병원 응급실에 도착한다. 동생은 응급실에서 막 수속을 마치는 중이었다. 응급실에는 많은 환자와 그 가족들로 꽉차 있어 정신이 없었다.

동생 이승민은 형과 눈인사를 나눈다.

"형이 떠난 지 얼마 지나지 않아서 아버지께서 숨을 가쁘게 쉬었어요. 눈빛도 이상했고요."

아버지의 병고를 처음 발견한 해월처럼 당황했다며 긴 한숨을 내쉰다. 한 시간 동안 환자의 상태를 살피더니 레지던트로 보이는 의사가 보호자 해월을 찾는다.

"지금 다급한 상황입니다. 심장 혈관이 막혀있습니다. 왜 그런지는 아직 알 수 없습니다. 빨리 수술을 해야 됩니다. 그러나 환자 분이 연세가 많아서 수술은 곤란하고 시술을 해야 됩니다."

의사는 시술승낙 서명서를 들고 와 이것저것을 설명한다.

"시술을 하다가 돌아가실 수 있습니다."

해월은 그 말을 듣는 순간 울컥 하고 눈물이 쏟아졌다. 그동안 참아왔던 가슴의 응어리들이 눈물로 변하여 흘러내린다. 서럽게 눈물을 흘러내린다.

"성공 확률은 몇 프로입니까?"

"50프로 정도입니다."

해월은 긴 한숨을 내쉬며 싸인을 한다.

잠시 후 여러 명의 의사와 간호사들이 환자에게 달려들어 빠르게 웃옷을 찢는다. 런닝까지 갈기갈기 찢어 내버린다. 그리고 환자를 실은 침대는 숨을 죽이며 수술실로 들어간다. 절체절명의 위기가 닥쳐오는 순간이었다.

다행히 시술도중에 막혔던 혈관이 저절로 뚫렸다. 환자는 중환자실로 이동되었다. 수술실 앞에서의 기다림은 해보지 않은 사람들은 모를 것이다. 가슴을 졸여오는 마음이 침을 바짝 마르게 한다. 시선의 처리도 잊어버리고 시간과의 기다리는 싸움을 한다.

아버지는 다시 사지가 침대에 묶인 채 비위관을 하고 있었다. 그런 아버지의 안쓰러운 모습에 면회시간이 되면 제일 먼저 팔다리를 묶어놓은 압박붕대를 풀어놓는다. 그러면 아직 정신이 돌아오지 않았지만 가늘게 한 눈을 뜨며 아들을 확인하는 것 같았다.

담당의사는 너무 먹지 못해서 심하게 탈수가 찾아왔다고 전한다. 탈수 때문에 심장혈관이 막혀 위험한 상태에 이르렀는데 다행히 시술도중에 막혀있던 혈관이 저절로 뚫렸다고 알려준다.

해월은 중환자대기실 안에서 면회시간을 기다리면서 아버지 병환의 차도를 확인했다. 동생도 시간이 나는대로 아버지의 병구완을 한다. 간혹 아버지가 끔찍이 아끼던 손자 손녀의 재롱도 안겨드리며…

열흘정도의 시간이 지나 일반병실로 자리를 옮긴다. 여전히 몸을 움직이지 못한다. 살아있는 자체가 기적이라고 할 수 있다. 아니 찬 서리가 내리는 것처럼 서럽고 아픈 마음이 이준수를 더욱 힘들게 괴롭혔을 것이다.

그는 또 병실생활에 적응을 하지 못하였다. 옆 환자가 심한 뇌질환을 앓고 있었는데, 항상 그는 아버지를 째려보았다. 거기서 한술 더 떠 그 환자의 아내인 보호자도 아버지의 심기를 더욱 불편하게 만들었다.

이러한 상황들이 이준수를 시간이 갈수록 불안하게하고 병고를 더욱 깊게 했다. 조금씩 호전을 보이는 아버지를 그의 아내가 시기를 하는 것이었다.

새벽에도 몸부림을 치고 간이커튼을 열었다 제쳤다 하며 불안한 심리를 표출을 한다. 그러면 해월은 더욱 힘들어졌다. 때로는 아버지에 대한 미운 감정이 들어 깜짝 놀라기도 한다.

간호사들에게도 전혀 진료에 반응을 하지 않는다. 아니 치료를 못하게 강하게 훼방을 놓는다. 발길질을 하며 간호사들을 밀쳐낸다. 악동으로 변해가는 것만 같았다.

음식물을 넘기지 못해 항상 입 안에는 다람쥐처럼 음식이 가득하다. 해월은 스트레스의 한계가 찾아오는 것만 같았다. 몸 구석구석이 아파오는 것이었다. 그래도 참아야 했다. 이를 악물고 버텼다.

환자의 병환은 더 이상 낫지 않는다. 환자도 아들 몰래 눈물을 닦아낸다. 아들도 모진 세상을 향해 닭똥 같은 눈물을 훔친다.

세상이 나를 버린 것이냐, 내가 너를 버린 것이냐.

신세한탄만 할 수 없었다. 정신없이 병실생활을 해내는 동안 봄이 오는 것도 몰랐다. 세상에 새로운 기운이 흘렀다. 여기저기 파릇하고 뽕뽕한 이파리들이 어울 거리고, 봄꽃이 만발하여 아지랑이들과 함께 트위스트로 신나게 발을 맞춘다. 문득 산골 생활이 생각났다.

아버지에게도 싱그러운 봄꽃바람을 세어주고 싶었다. 주말에 외박 신청을 했다. 아버지를 차에 태운 뒤 따뜻한 봄날을 맞으며 경춘 고속도를 달리는 중이었다.

오랜만에 자연에서 흘러나오는 맑은 산소를 마셔서인지 굳어있던 얼굴표정이 마법처럼 생기가 감돈다. 그리고 조금씩 유제품을 목을 통해 넘기는 것이 아닌가.

높은 산꼭대기에서 배회하는 한 마리의 매가 바동거리며 산등성이를 넘어가지 못하는 아기구름을 이끌어 다독거려준다.

토굴은 깊은 산속이라 선선하기만 하였다. 오월을 기다리는 대지의 향긋한 땅 냄새가 지친 나그네의 마음을 편안하게 적셔준다.

"아버지 제가 사는 곳이에요. 그전에 한 번 오셨죠."

아버지는 아들의 물음에는 별반 관심이 없었다.

옆방 아들의 수행하는 곳에 유독 호기심을 가졌다. 처음 들어온 낯선 곳에 이상한 방 분위기가 그의 마음을 더욱 이끌어들었다.

아이 같은 입술을 꼭 다물고 호기심이 가득한 천진스러운 눈으로 이리저리 방을 살펴보는 아버지에게 해월은 깊은 곳에서 올라오는 진한 사랑과 존경의 마음을 느꼈다.

잠깐 밖을 구경시키기 위해 불편한 다리를 부축하고 이끌며 밑으로 내려가고 있었다. 그런데 아버지는 무서움을 느껴 도망치는 아이처럼 이곳으로부터 탈출하려고 하는 것이 아닌가.

젊은 아들의 제지에도 자신이 갈 곳만을 향해 하산을 하고 있었다. 안간힘을 써 간신히 방으로 모셨다.

"아버지 이제 저녁이니 오늘 하룻밤만 주무시고 내일 갈게요."

아버지는 불안한 표정을 짓고 있지만 어쩔 수 없었다. 저녁을 지어 아버지와 함께 식사를 했다. 여전히 목에 마비가 있어 잘 넘기지 못한다. 식사를 마치고나서 무료하고 적막한 산중 기운을 맞으며 둘은 그 기운 속으로 들어가고 있었다.

깜깜하고 어두운 밤중에 해월은 밖으로 나와서 앞마당에 서있었다. 하늘과 맞닿은 이곳 그전에도 그랬듯이 하늘은 맑은 어두움으로 도배를 해 놓았다. 그리고 맑은 밤하늘에 하늘의 전도사들은 무수히 많은 밝은 보석을 박아 놓는다.

인간 장인솜씨로는 도저히 따라갈 수 없는 극치의 아름다움과 우주의 선율을 그들은 한 땀 한 땀 그리며 수를 놓고 마음속 보석을 꺼내 진공 안에서 자신의 분신인 별들을 붙이고 있었다.

전도사들은 서로를 도와주고 격려하며 힘들지 않게, 대우주의 진리에 순응하는 자비심으로 이웃을 아끼고 칭찬을 해가며 즐거운 마음으로 작업을 하고 있었다.

우리들이 알고 있는 개인주의가 팽배하는 인간세상과는 너무나 다른 아름다운 일들이 인간세상 속에서 일어나는 것이었다.

진리도 깨달음도 저 멀리 신기루처럼 펼쳐져 있는 것이 아니라 우리들이 사는 세상 속에 들어있다고 느껴졌다.

진리와 깨달음도 밖에서 찾는 것이 아니라 나의 내면에서 찾아 깨달음을 얻을 때 과거 · 현재 · 미래를 아울러 하나로 만들어낼 수 있는 것이다.

그래야만 내면의 초강력 힘과 능력을 이루되 사라지지 않으며, 거짓이 아닌 진실의 보물들을 만 사람들에게 나누어 줄 수 있다고 생각했다.

해월은 밤하늘의 은하수를 보는 순간 눈물을 글썽거렸다. 아버지의 갑작스러운 병환과 자신이 힘들게 봉양을 하는 사실이 심금을 울리게 하였다. 편안하게 아버지를 모시지 못했던 일들이 자꾸만 머리에 떠올라 서러웠다.

글썽이는 눈물은 닭똥 눈물이 되고, 닭똥 눈물은 이내 폭포수가 되어버렸다.

서러웠고 슬펐다. 때론 이 답답한 현실에서 벗어나 마음껏 쏘다니고 싶었다. 명산대찰로 들어가 자신을 묻고 싶었다.

해월이 폭포수의 눈물을 흘리며 대성통곡을 하는 것은 이번이 처음은 아니었다. 처음 이곳에서 토굴을 묻을 때 돈이 없어 쌀과 부식을 사지 못해 푸성귀로 죽을 해먹으며 서러워 울었다.

수행에 진척이 없는 자신이 미워 쓰라린 원망의 눈물을 흘러내렸다. 더욱 아프고 시린 것은 일들이 풀리지 않고 점점 꼬여가는 것이었다. 하는 것마다 되는 일이 없었다.

어느 땐 쓴 미소를 지으며 난 마법에 걸렸다고 중얼거렸었다.

영롱하게 펼쳐진 밤하늘을 맞으며 오랜만에 좌선실에 들어가 좌선을 하였다. 이런저런 망상들이 교차한다. 더욱 간절하고 긴밀하게 수행해 나간다. 잠시 후 마음이 모아지고 맑은 바람이 일어났다. 내면의 맑은 바람은 스트레스에 찌든 정신을 시원하게 해주었다.

맑은 바람이 불면 항상 깨어있는 것처럼 시원하면서 사방팔방이 다 드러나 숨은 사실들이 보이기도 한다. 귀신들이 보이고 저승사자들이 열심히 이승과 저승을 오가며 투명우주선으로 이생인연이 끝난 사람들을 싫어 나르기도 한다.

맑은 바람 속에서 자신의 일상과 수행을 점검하고 비춰보니 성격이 급하고 조바심으로 이어온 것만 같았다.

씨앗을 심으면 싹이 트기를 기다리고 줄기와 잎사귀가 자라나 영양분을 받은 튼튼한 뿌리에서 밝은 미래를 설계할 수 있다.

광합성을 통해 자연과 하나 되어 꽃이 피고 열매가 맺어야 하는 것이 순리인데, 씨앗에서 바로 꽃과 열매를 바라는 조급한 성격을 가지고 있었던 것이다.

수행인에게는 조바심이 화근이 될 수 있다. 마음의 조바심이 마장을 불러들여 수행을 망치고 폐인이 되는 이도 있다.

산과 들에 핀 꽃을 인위적으로 꺾어 장식을 하는 것이 아니라 파죽지세(破竹之勢)로 꽃망울을 터뜨려 온산에 꽃 무덤과 꽃 바다를 만드는 것이 수행이고 참선이다. 이런 조바심으로 가다가는 화를 입고 나가떨어질 것만 같았다.

'쉬이~'

해월은 들이마신 호흡을 천천히 내뱉으면서 조바심으로 헐떡거리는 마음을 내려놓는다. 이젠 시원하다 못해 시원함 속에서 찬광이 떠오르는 듯하다.

저 멀리서 아버지께서 부르는 소리가 들린다. 짧으면서 강한 소리가 빈 마음속에서 울려 퍼진다. 아버지의 기침소리이다. 좌선을 풀고 누워계시는 곳으로 다가간다. 여전히 얼굴과 마음이 굳어져 있었다.

아침 일찍 잠에서 깨어났다. 오염되지 않는 공기와 좋은 물을 마셔서 그랬는지 아침이 개운하였다. 고요한 산속에서 오랜만에 들어보는 산새들의 지저귐에 귀들이 호강을 하는 것만 같았다.

아침햇살이 유리창을 비추고 얼마 지나지 않아 아버지께서 일어나셨다. 일어나자마자 거의 다 빠진 이와 분홍색 잇몸을 드러내며 함박웃음을 지으신다. 처음으로 환하게 웃으신 모습이었다.

'오!'

평소에 존경하였던 아버지 그대로의 모습이다. 병고를 이겨낸 긍정적인 대안의 웃음이었다.

부처님의 자비스러운 미소가 아닐까. 이는 거의 다 빠진 입에서 품어 나오는 환한 미소. 꾸밈이 없는 진실한 평화와 행복의 미소인 것이다.

해월도 그동안의 힘들었던 마음고생과 스트레스를 한방에 날리고 처음으로 크게 웃는다.

"감사합니다."

저절로 입에서 감사의 인사가 흘러나왔다.

"역시 명당이다."

환자의 어두운 앞날에 희망의 빛을 불어넣어줬다. 하룻밤만에 호전이 되어 아침엔 음식도 조금씩 삼키게 되었다.

해월은 결심을 한다. 아버지를 퇴원시켜 이곳으로 모셔와 함께 살고 싶었다. 자연이 살아 숨을 쉬고, 산봉우리들의 기운이 뭉쳐져 모이는 이곳에서 함께 수행하고 싶었다.

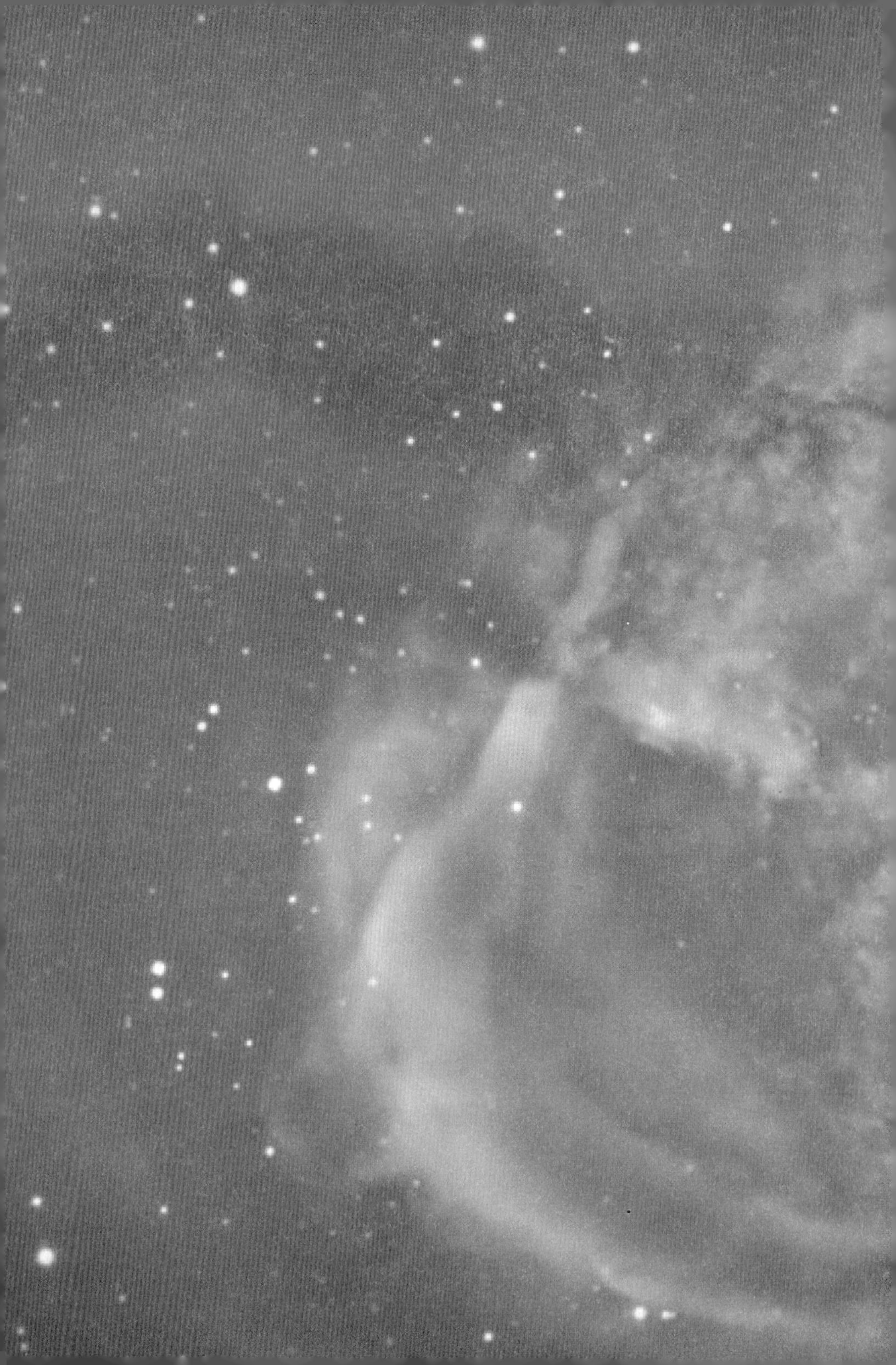

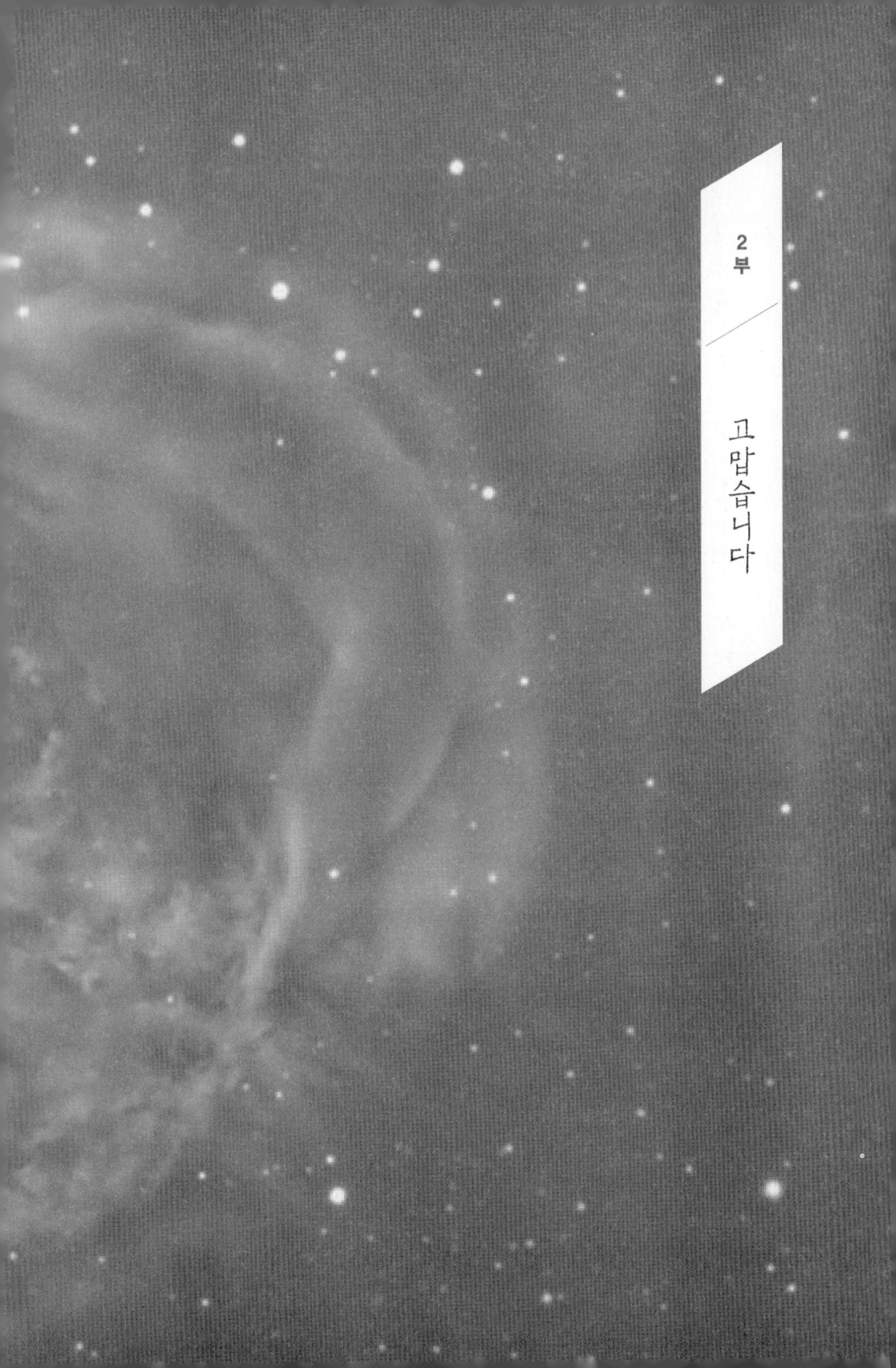

2부

고맙습니다

환생한 일미법사

1960년대 초 부산 남포동 자갈치시장에서 일을 하는 정영숙은 아침 일찍 일어나 간밤에 꾼 꿈을 곰곰이 생각해 본다. 엄청나게 큰 산에 황룡이 편안하게 누워있었고, 그 큰 산에 포도들이 주렁주렁 탐스럽게 열려있었다.

'요상하데이~'

꿈이 생생하였다. 평소엔 꿈을 잘 꾸지 않았다. 또 신령스러운 꿈은 어렸을 적에 꾸어보고 이번이 처음이었다.

결혼한 지 삼 개월째, 삼십이 넘어 가까운 지인의 중매로 결혼을 하여 행복하게 살고 있지만, 세상이 하도 어려워 먹고살기 힘든 시절이었다. 멀건 죽으로 끼니를 때울 때가 많았다.

자갈치시장에서 일을 하지만 품삯을 받고 일을 하는 것이 아니라, 밥을 먹여주는 조건으로 허드렛일을 하고 있었다. 이런 일도 다른 사람에게 빼앗길까봐 힘든 내색을 하지 않고 묵묵히 열심히 하고 있었다.

어린 시절, 일본에서 자란 영숙은 한국말이 좀 서툴렀지만 신혼 때라 힘든 것도 잊고 행복한 앞날을 기다리며 매일 시장으로 출근을 하고 있었다. 정 영숙은 단아한 키에 통통한 몸매를 가지고 있었다. 얼굴은 앳된 동안이라 귀엽고 앙증맞았다. 그중에서 손과 발이 참 예뻤다.

남편 이준수도 특별한 직업 없이 닥치는 대로 막노동이며 여러 가지 잡일을 하면서 생활을 하고 있었다.

단칸방 신혼집이었지만 자신을 사랑해주고 아껴주는 남편에게 내심 표현이 서툴렀지만 사랑과 존경의 마음을 가지고 아기자기하게 살고 있었다.

생생한 꿈을 꾸고 앉아 코를 골며 곯아떨어진 남편을 바라보며 행복한 듯 살짝 입 꼬리를 올리며 미소를 지었다.

'오늘 아침은 무얼 하나…'

며칠 전 얻어놓은 감자 몇 알이 생각났다.

마당 겸 부엌에서 감자를 씻어 아궁이에 앉혀 놓는다. 시래기 삶아놓은 것을 팔팔 끓여 간장으로 간을 맞힌 시래깃국과 감자로 아침을 차린다.

남편은 일어나 자리끼로 입을 헹군다. 단출한 아침 식사를 마주한 부부는 온화한 표정으로 국을 떠 입으로 가져간다.

"당신이 끓인 시래깃국이 제일 맛있다."

이준수는 아내가 차린 아침밥상이 비록 초라하지만 정말 맛있었는지 후루룩 거리며 연신 숟가락으로 떠먹고 있었다.

영숙이 맛있게 먹는 남편에게 말을 건넨다.

"어젯밤 꿈이 참 생생했어요. 큰 산에 용이 드러누워 있었고요. 그 큰 산에 온통 포도들이 주렁주렁 열려 있는 게 아닙니꺼. 마! 산이 얼마나 큰지… 용도 쭉 빠진 기…"

흥분하였던지 말도 잘 나오지 않는다.

영숙의 말을 들은 준수는 감자를 입에 넣고 오물오물 거리다가 강한 기운이 뿜어 나오는 눈으로 아내를 지긋이 쳐다보았다. 잠시 침묵이 흐른다.

"……"

"아마 태몽인 것 같네요."

"태몽이요?"

영숙은 들뜬 감정을 속일 수 없어 빠르게 말을 받았다.

태몽은 예지몽으로 아이의 성별뿐만 아니라 성격이나 미래의 운명까지 알려주는 세부적인 많은 정보를 담고 있는 신비스럽고 소중한 꿈이다.

"장차 훌륭한 아이가 태어날 것 같네."

남편 준수도 기쁜 감정을 이기지 못하고 이를 환히 보이는 함박웃음을 짓고 있었다. 둘은 변변한 신혼살림도 없는 방에서 이렇게 행복을 담아가며 살고 있었다.

이준수는 세상은 참 무상하다고 생각했다. 어머니께서 달 태몽을 꾸고 내가 태어났는데, 이제 나의 자식이 나올 것이라고 생각하니 이 기분은 뭐라 표현을 하기 힘들 정도로 뿌듯했다.

단지 아쉬운 것은 동네 아주머니가 훤한 달을 받아다가 나의 어머니에게 주었는데, 어머니는 그 달이 무서워서 받지 않았다. 그래서 내가 힘들게 살아가는 것이 아닐까 하는 생각도 해보며, 쓴웃음을 짓는다.

저 멀리 갈매기가 끼룩끼룩 거리며 안개 낀 수평선으로 날아가고 바다가 출렁이며 사뿐사뿐 해안가를 치는 것이 준수의 힘든 마음을 다독거려주는 것만 같았다.

아침 일찍 자갈치시장에 출근한 영숙은 열심히 일을 하고 있었다. 주인이 시키지 않는 일도 찾아서 해내니 주인은 영숙이가 믿음직스러웠다. 특히 청소와 뒷정리는 정말 깨끗하게 잘했다.

때론 장사하고 남은 찌꺼기 생선을 받아 매운탕을 끓여놓으면 둘이 앉아 맛있게 먹었다.

적어도 불미스러운 일이 발생하기 전까지 시장에서 열심히 일하고 있었다. 어느 날 오후 따스한 햇볕을 맞으며 그녀는 가게 안에서 졸고 있었다.

초등학교에 다니는 주인집 어린 아들이 졸고 있는 영숙이 몰래 돈통에서 돈을 훔쳐 재빨리 밖으로 내뺐다. 영숙인 이 사실도 모르고 너무 피곤해서 심하게 졸고 있었다.

장이 파장하고 주인아주머니가 돈 통에 있는 돈을 회수하는데 돈이 많이 모자랐다.

어제도 그렇고 오늘도 이 모양이니 슬슬 화가 났다. 내일은 확실히 해두겠다고 생각을 한다. 다음날 주인은 돈을 세워놓고 잠깐 볼일을 보고 왔다. 그날도 영숙이 가게에서 졸고 있는데 아들이 졸고 있는 사이 돈을 빼돌렸다.

때마침 아들이 돈을 훔친 사이에 주인이 들어와 돈을 확인하니 또 많이 없어졌다. 그 자리에는 영숙이 뿐이 없었다. 자연히 주인은 영숙이를 의심했다.

주인이 영숙이를 보며 날카롭게 말한다.

"그저께도 그렇고 어제 오늘 돈이 왜 이리 많이 비노?"

영숙인 어안이 벙벙하여 말한다.

"글쎄예~"

"새댁이 여길 지키고 있지 않았나?"

다그치는 주인이었다.

"예. 분명히 지키고는 있었는데 마는 아무 일 없었는데요."

주인도 영숙일 믿고 싶었다. 사람이 싹싹하지는 못해도 착하고 진실돼 보였기 때문이었다. 그 당시 같이 일하는 기가 세고 무당처럼 생긴 여자의 시기를 받고 있었다.

단지 주인의 신임을 받고 착하다는 이유로 동료의 시기와 질투를 받으며 꿋꿋하게 일하고 있었다.

그 동료가 주인에게 자꾸 영숙일 헐뜯으며 도둑이라고 몰고 있었다.

"그 당시엔 새댁뿐이 없었는데, 그 돈이 발이 달려 어디로 도망

갔겠습니꺼. 분명히 새댁의 짓입니더."

째진 눈꼬리를 크게 치켜뜨며 말하였다.

영숙이 짓이라고 자꾸 몰아붙이니 주인도 영숙일 점점 의심하기 시작했다.

"마! 새댁 네가 안 그랬나?"

영숙인 당황하고 억울했다. 가게에서 열심히 일한 것뿐인데 자신을 의심하니 속이 탔다. 침을 삼키고 긴 한숨을 쉰 영숙이 말한다.

"난 정말 아닙니더~ 가게에서 일만 했습니더."

울음이 섞인 떨린 소리가 애절하다.

결국 동료들의 모함으로 억울하게 수산시장 일을 그만 두게 되었다. 그리고 며칠이 지나서 진짜 범인이 밝혀졌다.

가게주인 아들이 아침 일찍 동네 구멍가게에서 장난감과 먹을거리를 많이 샀다. 제 딴에는 들키지 않고 훔치는 것이 신이 났는지 아침 일찍 혼자 돈을 쓰러 다녔다.

이런 일이 하루 이틀 그러다 마는 것이 아니라 매일 그러니 동네 아주머니 눈에 자연히 쉬이 보이게 되었다.

이웃집 아주머니가 이 일을 가게주인인 돌이 엄마에게 말했던 것이다. 화가 나 아들을 추궁하던 주인은 결국 자신이 했다는 자백을 받고 말았다.

돌이 엄마는 하나밖에 없는 외아들을 엄하게 가르치고 있었다. 이런 일은 처음 겪는 일이다. 동네 사람들에게도 창피하고, 새댁에게는 정말 미안하였다. 아들을 시장 통 한복판에서 몽둥이로 몸씬 두들겨 팬다. 화도 났고 창피하기도 해서 노루처럼 팔짝팔짝 뛰는 아들을 연신 두들겨 팬다.

돌이는 엉엉 울며 놀란 노루처럼 팔짝팔짝 뛰며 매를 피하려고 하니 재미있는 그림이 그려졌다. 사람들은 이 광경이 재미있다는 듯이 웃으며 한참 동안 바라본다.

돌이 엄마가 몽둥이로 아이 코를 때려 코피가 터지자 아이는 그 자리에 앉아 엉엉 울며 대성통곡을 하자 어미도 더 이상 때리지 않는다.

"이놈아야~ 다음부터는 그러지 말그래이."

돌이 엄마는 들고 있던 몽둥이를 휙 집어던지고 시장 안으로 사라져 버린다.

아이는 무엇이 서러운지 목 놓아 서럽게 울고 있다. 그러는 사이 여태까지 구름에 가려졌던 태양이 나타나 사방을 비춘다. 구경 왔던 사람들은 다시 활기차게 움직여 나간다.

조그만 행상을 펼친 할머니들, 장바구니를 들고 장을 보러 다니는 아주머니들, 지게에 짐을 진 일꾼들, 곱게 차려입은 늘씬한 아가씨들, 시장 음식을 먹는 사람들, 담장에 앉은 고양이, 시장바닥에 기어 다니는 벌레들까지 각자에 맞는 행동과 표정을 짓고 햇빛을 맞으며 바삐 움직인다.

"새댁 미안타."

미안한 마음에 눈동자가 흔들린다.

"내일부터 출근해야 않겠나."

주인 아주머니가 새댁 집에 찾아와서 미안하다고 사과를 하고 있다. 영숙인 시장 주인집 아주머니를 반갑게 맞이한다. 그전보다는 조금 핼쑥해 보이는 얼굴이다.

"저의 억울한 누명이 벗겨진 것입니꺼?"

"아고야, 우리 철없는 아들이 그런기다. 마! 새댁이 용서해라."

누명이 벗겨진다고 생각하니 두 눈에 눈물이 글썽인다.

"그렇지만 다시 나가서 일을 할 수는 없습니다."

"왜 그러노?"

흥분한 어조로 다시 말한다.

"내 그놈아를 조패버린 거 아니가. 새댁이 그만 마음 풀어라."

"그런 것이 아니고요. 임신을 한 것 같아서요. 태아 때부터 잘 기르고 싶습니다."

영숙이 임신했다는 말에 주인 아주머니는 더 이상 부탁하지 않는다. 그리고 주머니에서 돈을 꺼내 먹고 싶은 것을 사먹으라며 방바닥에 두고 간다.

못나가겠다고 말을 했지만 이제는 가게에 나가기가 싫어졌다. 아니 무서워서 나가기 싫었다. 동료들의 시기 그리고 따돌림이 진저리나게 무서웠고 서러웠다.

자기는 그런 곳에서 일할 사람이 아니라는 것을 알았다. 가정주부처럼 살림이나 하고 가족과 남편 뒷바라지를 하는 현모양처가 자기의 운명이라는 것을 그때야 알았다.

오랜만에 시간을 내어서 광안리 바닷가에 나가봤다. 파도치는 시원한 바다가 저 멀리 펼쳐져 있는 수평선을 보자 그동안 답답하고 억눌렸던 가슴이 뻥 뚫리는 것만 같았다.

모래사장에 앉아서 반질반질하고 예쁜 조개껍질을 줍기도 하고 귀에 대어 바람소리를 들었다. 통통배 주위로 갈매기가 끼룩 거리며 모여들고, 수평선을 넘나드는 것을 멍하니 앉아 바라보기도 하였다.

조개껍질을 힘없이 바다에 던지며 한마디 내뱉는다.

"이제 뭐해 먹고살지?"

그녀의 두 눈엔 눈물이 글썽거렸다. 자존심과 현실이 너무 달라 마음속 괴리감을 느끼게 했다.

그 순간 콧속으로 들어오는 비릿한 바다 냄새가 역겨웠다. 퀙 퀙 거리며 헛구역질을 해댄다. 한 참 구역질을 하고 난 뒤, 씨익하고 맑은 미소를 짓는다. 입덧이라는 단어가 그녀의 머릿속을 스쳐 지나간다.

그동안의 힘들었던 마음이 사라지고 마음속에서 새로운 희망이 샘솟는다. 저 멀리 아이들이 즐겁게 뛰어놀며 소리를 지른다. 천진스러운 아이들이 히히덕거리며 장난을 친다.

뱃속의 태아가 영숙이 인생의 희망이 되어줄 것이다. 마음이 여린 그녀에게 강한 어머니의 에너지가 꿈틀거리며 근육에 힘을 불어 넣어준다.

햇빛을 받은 그녀의 얼굴이 불그스레 빛이나 건강한 표정이 다시 살아난다. 황망하던 정신을 밝게 일깨워 신비스러운 눈동자를 만들어준다. 그전에 보이지 않았던 허공의 아름다운 움직임이 가득하다.

시장에 들러 고래고기를 샀다. 아주머니가 놓고 간 돈으로 오랜만에 바다고기를 사는 것이다. 남편도 고래고기를 무척이나 좋아해 망설이지 않고 비싼 고래고기를 사가고 있는 것이다.

어느덧 해는 저물어 호롱불의 어두운 불빛이 비추고 개다리상 위에 맛있게 삶아진 고래고기 수육이 김을 연신 뿜어내며 푸짐하게 올라왔다.

기름장을 맛있게 만들어 신랑 이준수와 신부 정영숙은 오랜만에 저녁 만찬을 즐긴다.

환한 표정을 지으며 기분이 좋은지 신랑이 한마디 한다.

"아니 이거 남의 살이잖아! 비쌀텐데 어디서 났어요?"

신랑은 아직 신부에게 말을 놓지 못했다. 그녀를 존중해주기 위해서이다.

"시장 주인 아주머니가 만난 것 사 먹으라고 돈을 조금 주고 가셨어예. 당신 요즘 힘든 일만 하셔서 피곤해보이고 몸보신 하시라고 큰 맘 먹고 샀습니더."

이 준수는 비계와 살점이 겹친 맛있게 생긴 부위를 젓가락으로 짚어 기름장을 찍은 뒤 영숙의 입으로 가져갔다.

"자~아!"

영숙이 입을 벌려 받아먹으려는 순간 또 헛구역질을 한다. 그 사이 호롱불이 일렁이며 까만 그을음이 천장으로 올라간다.

깜짝 놀란 신랑이 신부의 얼굴을 보며 걱정스럽게 말한다.

"아니 왜 그러세요? 속이 안 좋으세요?"

신부는 헛구역질에 메스껍고 창피하기도 했지만 신랑의 사랑스러운 걱정과 그윽한 눈빛을 느꼈다.

"입덧이예요. 오늘 낮에도 그랬어요."

"하하하! 그래요."

준수는 입을 크게 벌려 환하게 웃고 있지만, 마음속에는 아이를 잘 키워야 한다는 의무감과 책임감이 강하게 느껴졌다.

부부는 다시 온화한 분위기 속에서 맛있고 행복스럽게 저녁만찬을 마친다. 얼마 후 둘은 이부자리에 누워 천장을 보고 있다. 창문에 비친 달빛이 어두운 방을 조금은 밝게 해준다. 청량하게 울려 퍼지는 가을 풀벌레소리가 이들을 반갑게 맞이해준다.

결혼할 때 영숙이 가져온 혼수인 이불 한 채가 그들을 포근하게 덮어준다. 신랑은 손을 뻗어 신부의 손을 살포시 잡았다. 손이 차가웠다.

"여보! 손이 차갑소."

따뜻한 전율을 느꼈다.

"그래요! 임신을 해서 그런가?"

영숙인 시장에서 있었던 일을 이야기했다. 그리고 이제는 시장일을 그만두고 태아에게 신경을 쓰고 싶다고 말을 한다.

"태몽도 그렇고 뱃속에 있는 아이를 잘 키우고 싶습니더."

잠시 침묵하던 신랑 준수는 별다른 말없이 간단하게 한마디 한다.

"그렇게 하구려."

이준수는 이제 자신의 집안에서 큰 인물이 나왔으면 하는 바람이 있었다. 늘 가난한 현실이 불안했고 왠지 편치 않은 마음이 싫었다.

실은 그는 왕족의 가문이었다. 왕족의 가문이었지만 선대에 무슨 죄를 지었기에 집안사람들 모두 힘든 생활을 하고 있는지 모르겠다. 조상님들이 복을 짓지 못해 가문의 자손들이 몰락의 길을 걷고 있는 것만 같았다.

한편, 이 세상에 태어나려던 일미법사는 우주를 떠돌고 있었다. 텅 빈 공간을 편안하게 유유히 날아다녔다. 그의 몸은 적색 불빛으로 빛나고 있었다. 저 멀리 두 개의 작은 소행성이 서로를 마주보며 회전을 하는 것이 보였다.

일미법사는 회전을 하는 소행성에 가보고 싶다는 생각이 들었다. 영혼의 생각에 따라 순간 일미법사는 서로 마주보며 회전하는 두 소행성을 가까이서 쳐다보고 있었다. 마치 두 소행성은 서로에게 사랑을 고백하는 정성스러운 춤을 추는 것만 같았다.

사랑이 절정에 오르는 남녀의 자연스럽고 단순한 댄스처럼 어떤 법칙에 얽매이지 않고 일렁거리며 춤을 추는 것이었다.

그들이 회전을 하며 춤을 출 때마다 빨주노초파남보의 무지개색이 감돌았고 표면은 마찰에 의해 조금씩 달아올랐으며 그 주위에 이상한 기류가 흐르고 있었다.

마치 사람의 얼굴처럼 기쁨과 슬픈 표정을 번갈아지으며 우주공간 안에서 프로페셔널 작업을 하는 것만 같았다.

소행성의 내부도 천천히 달아올라 변화를 일으키고 있었다. 행성의 단단한 돌덩이들이 부풀어올라 카스테라 빵처럼 부드럽게 만들어지더니 둘은 서로를 받아들여 하나의 별이 탄생하는 신비스러운 일이 벌어졌다.

하나가 된 행성의 내부는 투명하여 안이 들여다보였다. 그 속은 이 별의 미래를 담아놓은 영상이 펼쳐져 일미법사의 호기심을 자극했다.

행성의 내부를 자세히 들어다보니 거대하고 푸른 바다가 그려져 있고 바다 주위에는 갖가지 나무들이 즐비하게 자라났는데, 나무들의 둘레와 높이가 무척 커보였다.

바다 속에는 진화가 완성된 성스럽고 맑은 빛이 뿜어져 나오는 몸매를 보이는 바다 생물들이 유연하게 헤엄쳐다녔고 아직 진화하지 못하는 생물들은 꾸준히 생각을 성숙시키고 몸매를 아름답게 만들어 나가려 하였다.

특히 황금고래는 그 바다의 왕처럼 기세가 당당하게 보였다. 이 황금대왕 고래는 산처럼 거대했다. 입 주위에 밧줄 같은 세 개의 수염이 달려있어 근엄하게 보였다.

황금대왕 고래가 바다 속을 유영하면 많은 바다생물들이 고래 근처에 머물곤 하였다. 그러면 고래는 '아~앙' 하면서 커다란 입을 벌리고 말을 하는데, 무슨 말인지는 알아들을 수 없었으나 그 소리에 바다의 생물들은 지극한 행복을 느끼는 것만 같았다.

가끔가다 진주색 빛을 몸 밖으로 내보내면 수없이 많은 바다거품이 만들어진다. 그 거품들은 영양이 많아 바다 생물들의 먹이가 되기도 했다.

지상에는 사람들이 살고 있었다. 그들의 키는 10미터 정도로 엄청 커보였고 이목구비가 모두 뚜렷하였다. 남녀 모두가 아름다워서 그리스신화에 나오는 아름다운 미와 사랑의 올림포스 여신 아프로디테를 환생시킨 것만 같았다.

산과 하늘에는 태초의 원시시대 상상의 새인 봉황, 금시조, 주작들이 날아다녔다. 새들도 무척이나 컸고 황금색 깃털과 검푸른 깃털로 몸치장을 했다.

그들은 아름답고 신비스러운 목소리를 내었다. 그들이 부르는 노래에 마음이 순수한 사람들은 용기를 얻었고 불순한 자는 공포감을 불러일으켰다.

한참 재미나고 신기하게 바라본 일미법사는 저 멀리 허공에 일주문 같은 커다란 문이 있다는 게 어렴풋이 느껴졌다.

뒤를 돌아 그 문을 바라보니 우주공간에 엄청나게 큰 문 하나만 달랑 떠있었고 그 곳을 지키는 듯한 문지기 둘이 보초를 서고 있었다.

문지기는 사천왕처럼 우락부락한 모습에 창을 들고 있었는데,

그 표정이 간담이 오싹할 정도로 무서웠다.

일미법사는 본능적으로 그 문을 통과해야겠다는 생각이 들었다. 문 앞에 다가서자 문지지가 눈알을 부라리며 묻는다.

"여긴 무엇 하러 왔소?"

"발길이 저절로 이곳으로 떨어졌습니다."

또 다른 문지기가 근엄하게 말을 이어간다.

"이곳은 지상으로 들어가는 문이요."

"그러면 내가 잘 온 것 같습니다. 저는 지상으로 내려가야 합니다."

일미법사의 겸손한 말투에 두 문지기는 창을 위로 올리며 들어가라는 신호를 보낸다. 이내 새하얀 길이 끝없이 뻗어있는 부드러운 비단길을 걷고 있었다.

그 길은 굽이굽이 돌아 이어져 있기도 하고 직선으로 곧게 나있었다. 한참 길을 걷다 다리가 아프다는 생각이 들어 잠시 앉아 쉬고 있었다. 무심히 아래를 바라보니 산중턱에 고풍스러운 성당이 있었다. 때마침 야외 미사시간이었는지 신부가 진중하고도 열심히 설교를 하고 있는 것이었다.

그중에 한 젊은 여인이 열심히 신부의 설교를 듣고 있는 것이 보였다. 마음을 모으고 정성을 기울여 설교자의 한마디라도 놓치지 않으려고 애를 쓰는 것이 일미법사의 눈에 띄었다.

일미법사의 눈엔 그 여인이 그토록 아름답고 성스럽게 보일 수 없었다. 그녀의 굳게 다문 입술이 새까만 눈동자를 더욱 빛나게 하였다. 그녀의 마음은 자비심으로 충만하였다.

설교를 하던 중 구름에 가렸던 태양이 동그랗게 뻥 뚫린 도넛구름 사이로 오묘한 햇빛을 비춰준다. 마치 악에서 벗어난 성자의 신령스러운 빛처럼, 아기의 천진스러운 웃음처럼 미사에 모인 사람들을 향해 정열의 광풍을 불어준다. 이제 이 자리는 성인이 탄생할 성지이다.

하늘의 선신들이 내려와 꽃 공양을 올린다. 천사들이 미사에 모인 대중들에게 침단향을 뿌려준다. 하늘의 천신과 영혼들은 신부의 설교를 들으며 하늘에서 울려퍼지는 오묘한 소리에 맞춰 너울너울 사뿐사뿐 거리며 춤사위를 펼친다.

이런 멋진 광경에 정신을 빼앗겼던 일미법사는 자리에서 일어나 야외 미사에 참석한 젊은 여인의 몸속으로 온몸을 내던져 뛰어든다. 무중력을 느끼며 홀가분하게 뛰어내린다.

하나의 맑고 밝은 영혼이 들어온 영숙은 온몸과 마음에서 충격 없는 큰 충돌을 느꼈으나 다시 정신을 가다듬고 신부님의 설교에 정신을 쏟는다.

따뜻한 봄날이 찾아왔다.

마당에 온몸이 축 늘어져 엎드려 있는 강아지 검둥이는 만사가 귀찮은지 노랑 봄 나비가 자기 주위를 맴돌며 놀리는데도 앞발에 머리를 올려놓고 코를 땅 바닥에 처박은 채 끙끙 거리고 있다.

나비도 자신의 존재를 알아주지 않는 강아지에게 심술이 났는지 흥건하게 젖은 코끝에 내려앉는다. 검둥이도 이젠 더 이상 참을 수 없었던지 거나하게 재채기를 하며 노랑나비를 쫓는다.

간편한 봄옷으로 갈아입은 영숙은 배가 많이 불러 나온 것으로 보아 산달이 얼마 남지 않아 보였다. 방안에만 있어서 그런지, 봄 햇살이 따뜻해서 그런지 산모는 자꾸만 꾸벅꾸벅 졸고 있었다.

졸음을 떨치려 마당에 나가 기지개를 펴니 뱃속에 있는 아이에게까지 봄기운이 퍼지는 느낌이 든다. 태아는 신이 났는지 연신 발길질을 해댄다.

산모는 배를 어루만지며 만족감과 행복감에 젖어 빙그레 웃음을 내놓는다. 우물가에 앉아 간단한 빨래를 하고 나서 빨랫줄에 빨래를 널고 있는데 동네 아낙 두 명이 영숙을 찾아왔다.

손에는 갓 지진 부침개를 들고 활짝 웃으며 영숙씨를 부른다. 비슷한 또래의 영숙씨의 친구들이었다.

"같이 먹으려고 부침개 해왔어."

동백기름을 묻혀 참빗으로 머리를 잘 빗어 넘긴 정미가 웃으며 말을 한다.

방안으로 들어간 그녀들은 부침개를 맛있게 먹는다. 먹는 것이 없던 시절 부침개는 최고의 간식거리였다.

입 주위에 기름기를 잔뜩 묻힌 이효숙이 힘을 주고 한마디 한다.

"난 전쟁이 정말 싫고 무서워. 전쟁으로 많은 것들이 파괴되고 피폐해지잖아. 더 끔찍한 것은 사람들의 목숨이 많이 죽어나가고… 그 죽은 사람과 인연된 또 다른 사람들이 엄청난 고통을 겪잖아."

한숨을 쉬다 다시 이야기를 꺼낸다.

"6 25전쟁을 봐, 얼마나 무섭고 죄 없는 많은 사람들이 죽어나갔어. 그 가족들은 어떡하고. 우리 동네 상열이 아버지 어머니도 사변 폭격에 다 죽었잖아. 전쟁은 아주 나쁜 인간들이 만들어 놓은 거야! 사람이 어떻게 사람을 죽일 수 있지?"

가만히 듣고 있던 정미가 맞장구를 쳤다.

"전쟁을 일으키는 사람들은 괴물이야! 자신들의 욕심이 큰 죄악이 될 줄 모를 거야."

영숙이도 자신의 배를 어루만지며 한마디 거든다.

"전쟁을 벌인 사람들은 정말 나쁜 놈들이야! 정신이 올바르게 박히지 않았을 거야. 서로가 서로를 죽이고 약탈과 방화, 악행을 일삼는 거지! 전쟁은 인류의 큰 재앙이야."

세 명의 아주머니들은 부침개를 먹으면서 어울리지 않는 거창한 이야기를 하고 있었다. 얼마 후 남편이 들어와 모두 집으로 돌아갔다.

남편이 뜯어온 봄나물로 반찬을 만들어 저녁을 먹고 난 뒤 영숙은 살살 배가 아파왔다.

"낮에 부침개 먹은 게 채했나?"

혼자 중얼거리며 설거지를 하자 배의 통증이 점점 심해졌다. 출산 진통이 시작되는 것을 느꼈다. 막상 아이를 낳으려 하니 죽도록 무서웠다. 조여 오는 배와 뱃속의 장기들이 칼로 도려내 갈기갈기 찢어지는 것처럼 지극히 고통스러웠다.

점점 극심한 고통이 찾아온다. 큰 바위가 배 위를 짓누르는 것처럼 숨이 가빠왔다. 첫 출산이라 두려웠고 남편마저 미워졌다. 얼마 후 영숙은 큰 소리로 남편을 불렀다.

"여보. 나 좀 살려줘요. 너무 아파… 무서워 죽겠어요."

방안의 호롱불은 긴박한 상황에도 아랑곳하지 않고 불꽃만 홀로 일렁일렁 거리고 있었다.

준수는 빨리 산파를 부르러 나갔다. 정신없이 뛰어간다. 다행이 산파의 집은 가까운 곳에 있었다. 혹시나 해서 산파의 집을 알아두었던 것이 다행이었다.

"계세요?"

다급하게 부른다. 산파의 집안은 조용하였다.

"계십니까?"

더 큰소리로 불러본다. 잠시 후 초가집 방문이 열리더니 나이가 지긋한 중년여인이 나타난다.

"이 늦은 밤에 누구시오."

산파는 귀찮다는 듯이 쏘아붙인다. 차갑게 느껴진 얼굴이 더욱 싸늘해 보였다.

"부인이 아이를 낳으려고 해요. 지금 많이 아파하는 것 같습니다."

산파는 방에서 보따리를 들고 나오면서 남자를 따라간다. 산모가 있는 방안으로 들어온 산파는 천장에 줄을 매달라고 지시를 한다. 준수는 기저귀 감으로 얼른 천장에 줄을 매달았다.

영숙은 줄을 잡고서 죽겠다고 소리를 지르며 식은땀을 흘렸다. 아이 받는데 능숙한 산파는 산모의 마음을 보듬으며 호흡을 조절시키고 아이 나오는 입구를 살펴본다.

양수는 터졌으나 아기가 나오려면 몇 시간을 더 기다려야 할 것 같다. 남편은 아내의 고통스런 소리를 들으며 초조하게 밖에서 담배를 피면서 서성거린다.

방안에서는 산파가 산모에게 아이는 몇 명을 나아봤냐고 물어본다.

"초산이예요."

"초산이면 많이 힘들기라. 마음 단단히 묵으라."

산파는 산모에게 진통제를 놓는다. 그리고 촉진제를 매단다. 진통이 오고 가다 다시 진통이 오면 수건을 입에 물고 악을 썼다. 밤에 시작된 진통이 새벽에 다가왔다. 이제 회음부 절개를 해야만 했다.

영숙은 너무 아파 시간 가는 줄도 몰랐고 회음부를 절개하는 것도 몰랐다. 아! 이젠 죽는구나 생각하는 순간 쑥하고 아기가 빠져나왔다.

"응 애~"

새벽에 퍼진 갓난아기의 원초적인 강한 울음소리에 천지가 진동을 한다. 산천초목이 기뻐해준다. 새 생명의 탄생은 이처럼 온 우주가 축복을 하며 박수를 치는 것이다. 꾸밈없이 진실한 아기 울음소리가 집안에 꽃을 피운 것처럼 화기를 감돌게 했다.

스승 군야도 제자의 새로운 환생의 기쁜 감정이 빛으로 변해 흰 빛과 황금빛이 사방으로 퍼져나가며 아기의 탄생을 축하하였다.

산파는 아기를 조심스럽게 받아내고 탯줄을 자른다. 준비해둔 따뜻한 물에 아기를 씻기고 베넷 저고리를 입히고 산모 옆에 누인다. 그리고 문을 열어 얼굴에 웃음을 띠며 아내가 순산을 하였다고 알려준다.

"고추야! 고추."

사내아이라는 말에 남편은 기쁨의 강한 에너지가 솟아올랐다. 믿음직한 공기의 울림이 저 밑바닥에서부터 용솟음치며 강하게 치고 올라왔다.

영숙은 자신이 갓 나은 아기를 쳐다보자 울컥 울음이 터졌다. 무어라 말로 표현 못하는 신기하고 신령스러운 느낌 속에서 갓난아기의 엄마는 뜨거운 눈물을 흘렸다.

나의 귀여운 아이, 나의 사랑스러운 강아지, 우리의 천사.

산모는 아이의 냄새를 맡았다. 싱그러운 아기의 냄새가 이토록 좋을 수는 없었다. 그동안 살아왔던 고생이 한꺼번에 힐링이 되어버리고 미소가 감돌았다.

남편이 들어와 아내를 그윽하게 쳐다보며 위로한다.

"고생하셨소. 몸은 어떻소?"

영숙은 울음이 섞인 목소리로 대답하였다.

"죽는 줄 알았지만 이젠 괜찮아요. 우리의 아기가 있잖아요."

아기를 낳은 고통으로 얼굴이 부었고 핏기가 없는 푸석한 아내의 온정어린 목소리였다.

둘은 누워있는 갓난아기를 쳐다보았다. 자식새끼라는 것이 이런 것일까? 보고 있으면 또 보고 싶고, 어디 아픈 데는 없을까, 사랑의 감정이 한시도 끊어지지 않는다. 깜찍하고 사랑스러운 아이에게 눈과 마음이 떨어지지 않는다.

아버지는 아기를 하늘로 높이 쳐들며 독백을 한다.

"하늘이시여! 이 아이는 나의 아들입니다. 하늘이시여! 이 아이를 굽어 살펴주시옵소서. 천지신명이시여! 세상을 이끌어갈 인재를 만들고 싶습니다."

그의 말은 간절했고 눈에는 눈물이 촉촉하게 맺혀있었다.

갓난아기가 대부분 그렇듯이 눈이 맑았다. 준수 아들의 눈동자는 겨울 호수의 투명한 수정얼음처럼 주위를 빨아들였다. 아기의 눈은 저 멀리서 우리들을 향해 아웅 짓는 블랙홀처럼 그 깊이와 속을 알 길이 없었다.

역사적으로 대부분의 성인들이 그랬다. 석가모니 부처님은 길에서 태어나 길에서 반열반에 드셨고, 예수님은 마구간에서 태어나 중생을 위해 목숨을 마쳤다.

많은 사람들의 행복과 사랑을 위해 자비심을 만드는 일. 인류의 밝은 미래를 가꾸는 최상의 지혜를 만드는 출발점은 생동감이 넘치는 자연과 호흡을 같이하는 일이다.

깨달음은 자연과 일상생활이 합쳐진 자리에서 일어난다. 빛과 빛이 모여진 격동의 시간이다. 그래서 싯다르타 태자는 보리수나무 아래서 끝없는 정진의 세월을 보내고 새벽별을 보고서는 나와 우주가 하나라는 진리를 깊숙이 들여다보았던 것이다. 그리고 그는 지혜와 자비를 완성시킨 자. 붓다로 세상 사람들에게 불리었다.

예수는 40일 동안 유대광야에서 처절한 단식을 하여 하느님께 영의 인도를 받았고, 그렇기에 정신과 마음작용이 변화하여 모든 이를 사랑하게 되었다. 그리고 그는 하느님의 아들임을 자처하였고 인류의 뛰어난 사랑의 전도사가 되었다.

지금 태어난 아기는 어떤 인생을 살아갈 것인가.

오늘 태어난 아이는 전생에 선각자 일미법사이다. 전생에 높은 경지를 얻은 수행자는 어떤 삶이 찾아올 것인가. 높은 경지를 얻은 법사도 윤회의 바퀴 속으로 들어가 회전을 하면 깨달음이 어두워지고 어리석어진다고 하는데…

고난과 고통은 인생의 길목에서 고준한 열매를 맺고 익게 하는 광탄자이다.

인류사에 출현한 보석처럼 빛나는 인물들은 자의든 타의든 고난 속에서 자신을 단련시켰고 고통스럽고 뼈저린 인내의 터널 안에서 꽃의 씨앗을 심고 가꾸어 활짝 피워냈던 것이다.

고난과 고통을 겪지 않은 자는 인간들 속에 빛나는 진정한 다이아몬드가 될 수 없다. 역사적으로 큰 인물들은 하나같이 고난과 고통의 현실을 긍정적으로 받아들여 자신을 단련시켜 오지 않았던가.

이러한 조건들이 성공한 자들에게는 고난을 만나 이겨내게 된 통과의례일 것이다. 그 조건을 어떻게 받아들이느냐에 따라 우리들의 인생은 달라진다.

미운 오리새끼가 군계일학(群鷄一鶴)이 되었던 것도 모진 시련을 극복하고 시간을 딛고 일어났기에 한 마리 고고한 백조가 물 위에서 은빛 자태를 휘날리며 유유자적한 모습을 보여주었던 것이다. 그러나 누구나 미운 오리에서 백조가 되는 것은 아니다. 우선 백조의 DNA가 있어야 한다.

출산의 고통은 아기에게도 엄청난 고통을 안겨준다.

티베트의 성자 밀라레빠는 이렇게 노래한다.

"전생을 기억한들 말 한마디 못하고 어머니 뱃속에서 때로는 뜨거워 타는 듯하고 때로는 추워서 어는 듯 하다가 아홉 달이 지나면 자궁에서 나오는데 집게로 집어내듯 고통을 당하네!

자궁에서 나올 때 머리는 짓눌리니 가시덤불 구덩이에 내던져진 듯한 괴로움을 받네.

어머니 무릎 위에 놓인 작디작은 그 몸은 매에게 붙잡힌 참새 같기만 하네.

아기의 보드라운 몸에서 오물과 검은 피 씻어내나니 살갗이 벗겨지는 고통을 받네.

탯줄을 자를 때면 척추를 끊어내는 고통을 느끼네.

담요에 싸여서 요람에 눕힐 때면 사슬에 묶여 감옥에 갇히는 느낌이네."

출산 때 찾아오는 아기의 고통이 생각나는가. 이런 일은 남의 일이 아니다. 바로 얼마 전 나의 일인 것이다. 그러나 대부분 이러한 고통을 잊고 산다. 순간순간 잊고 살아가기 때문에 끝없이 용서할 수 있으며 한없이 자유로워 질 수 있는 것이다.

우리들은 극심한 고통을 겪으며 태어나 사람에게 탄생의 즐거움 안겨주었다. 생애 최초에 자의반 타의반으로 고통을 받아 이겨내고 태어나 영광스럽게 이 자리에 있게 되니 얼마나 뜻깊은 일인가.

그렇기 때문에 우리들은 모두 다 미운오리에서 백조로 변화할 수 있는 DNA를 가지고 있는 것이다. 태어남과 동시에 맑고 밝은 세상을 이끌어갈 영웅과 성인이 될 수 있는 자격이 갖추어지는 것이다.

그 다음은 인생을 만들어 나가야 하는 책임이 주어진다. 인생이란 스스로 만들어 나가는 것 아닌가.

붓다는 이런 말을 했다.

"나는 훌륭한 의사와 같아서 병을 알아 약을 주나니
먹고 먹지 않는 것은 의사의 허물이 아니요.
또 훌륭한 길잡이와 같아서 좋은 길로 사람을 인도 하나니
듣고 행하지 않는 것은 길잡이의 허물이 아니지 않는가."

나, 너, 우리들은 저마다 생각하는 인생을 살아간다. 인생을 살아간다는 것은 끝없이 이어진 불규칙한 길을 걸어가는 거와 같다. 인생이라는 길은 사람으로 태어나면 반드시 걸어가야 할 의무사항이다.

인생이 힘들고 지옥처럼 괴롭다고 하여 시간을 멈추고 싶고, 즐겁고 행복하다하여 그 순간을 되돌릴 수는 없는 일이다.

좋든 싫든 자신의 인생은 무인도에 떠도는 표주박처럼 고독하게 혼자 길을 청해야만 한다. 그 외로운 길엔 도로 교통표지판처럼 이정표가 없다 보니 낭떠러지와 같은 구덩이에 떨어질 수도 있고, 아우토반 같이 훤히 내다보이는 길을 갈수도 있다. 누구나 힘든 여정이지만 그 여정을 지나고 돌이켜 보면 또 그렇지만도 않은 것 같다.

자신과 싸우며 언제 끝날지 모르는 삶의 길을 걷지만 홀로 가는 인생길에 성인과 먼저 걸어간 선배의 가르침과 교훈이 필요한 것은 당연할 것이다.

이런 가르침과 교훈이 애절한 인생을 살아갈 우리들에게 믿음과 환희의 에너지 역할을 하며 연꽃이 피워나는 듯 백조의 꿈을 꾸게 만드는 삶의 원동력을 만들어 나아가는 것이다.

어차피 가야 할 인생길이면 정정당당하게 마음을 열고 만 사람을 이해하고 받아들여 용기를 내어 힘차게 걸어가야 훗날 뿌듯한 에너지의 느낌이 이어져 올 것이다.

하나뿐인 인생. 잘 만들고 가꾸어가야 온갖 욕심으로 채워져 점점 이기적 생물로 길들어가는 인간의 겉모습을 버리고 내면의 자유로운 지혜와 사랑스러운 자비를 이끌어낸다.

잘 다져져서 만들어진 인생 완성을 평화 속 행복이라 하지 않는가.

시원하면서 따뜻한 지혜와 자비의 행복을 세상 밖으로 분출하여 너와 나를 하나로 묶어낸다면 마음이란 대해(大海)에 태양이 뜨고 그 태양이 바다를 비추어 자연적으로 반사하는 빛이 온 세상을 살려내 이끌어갈 것이다.

이것이 삶에서 찾아오는 어려움을 딛고 일어나 진정으로 인생을 만들어 나가는 길이 아닌가.

대제의 유년

아기의 옹알거리는 재롱에 푹 빠진 이대제의 아빠 엄마는 어려운 세상 힘든 시절이지만 서로 의지를 해가며 마음은 따뜻하게 보내고 있었다.

아버지는 아들의 이름을 대제로 지었다. 큰 대(大) 건널 제(濟), 이 세상을 크고 넓게 구제하라는 뜻으로 지어냈다. 그것이 정치든 종교든 재물이든 기술이든 남들을 아름답게 변화시켜 지구라는 행성을 훈훈하게 이끌어 나가기를 바라는 마음에서 생각해낸 이름이다.

어쩌면 초라한 자기 자신에 대한 비애일수도 있다. 나보다 더 내 아들이 세상에 나아가 우뚝 선 자랑스러운 모습을 보고 싶었다. 나를 대신해 세상을 향해 사자처럼 표효하는 모습을 말이다.

낮과 밤이 반복하여 다달이 흘러가고 구름도 바람에 따라 쉼없이 움직이더니 계절이 변하여 한 해, 두 해가 훌쩍 지나갔다.

대제가 네 살이 되던 해, 아버지 준수는 말단 공무원이 되어 경기도 북쪽 끝자락에 있는 연천으로 내려간다. 그 사이 대제의 남동생 승민이를 낳았고 그들의 살림도 조금씩 나아져 갔다.

경기도 연천은 3.8선 넘어라 전방엔 휴전선이 인접해있고 6.25 이전에는 북한 땅이었다. 시골이지만 경원선 기차가 다니고 있어 교통이 편리하며 서울과는 한 시간 거리였다.

수려한 자연경관과 기름진 들녘이 함께 어울어져 있는 임진강과 한탄강 그리고 재인폭포 등이 시원스럽게 뻗어있어 좋은 인심과 풍요를 즐길 수 있는 지역이었다.

연천역에는 일제강점기 때부터 1950년대까지 증기기관으로 움직이는 열차에 중간중간 급수를 하는 급수탑이 있다. 일제 강점기에 세워진 이 급수탑은 지금은 역사적 시설물로 서있지만 한국전쟁 당시 치열했던 총탄의 흔적들이 여기저기에 남아있다.

어린 이대제는 급수탑 앞에 자주 놀러왔다. 시간만 나면 밭과 들로 쏘다니며 뛰어노는 개구쟁이였다. 밖에서 놀다 보면 간혹 어디서 나타난지 모르는 신비스러운 하얀 광채가 일렁일렁 거리며 놀리기도 하고 대제를 꼭 안아주기도 하였다.

동네 아이들의 대장이었던 대제는 마음은 착하고 여린 아이였다. 머리는 노랗게 물들인 것 마냥 황금색이 비췄고, 얼굴은 여자아이처럼 예뻤으며 눈동자가 깊고 맑았다. 성격은 명랑하고 총명하여 어른들의 귀여움을 받았으나 간혹 골똘히 생각하는 시간이 많았다.

한번은 엄마와 함께 기차를 타고 서울에 다녀오는데 기차를 타던 어떤 아저씨 한 분이 똑똑하게 생긴 대제가 귀여워서 성씨가 무어냐고 물었다.

대제는 대뜸 기차 안에서 큰소리로

"이 가요."

하며 사람들을 웃겼다.

"그놈 똑똑한데 나중에 큰 인물이 되겠다."

아저씨는 활짝 웃으며 기차 안에서 파는 찐 계란을 사주기도 하였다.

어린 대제는 특히 생명을 소중하게 여겼다. 당시 아이들은 놀 거리가 별로 없어서 바닥에 기어 다니는 벌레나 지렁이를 잡아서 죽이는 것을 즐기는 아이들이 많았다. 개구리를 잡아 뒷다리를 찢어 죽이고 그 뒷다리를 구워 먹는 아이들도 있었다.

초여름 아침 급수탑 앞에서 대제는 동네 아이들하고 흙장난을 하면서 놀고 있었다. 그중에 코를 잘 흘리는 옆집 여자 아이가 땅위에 기어 다니는 땅강아지를 잡아서 날개를 잘라 버리고 발로 막 죽이려고 하는 참이었다.

그 여자아이를 유심히 쳐다본 대제는 큰소리를 질렀다.

"야! 지금 뭐하는 거야."

코 찔찔이 여자 아이 봉순이는 큰소리에 깜짝 놀라며 대제의 얼굴을 멍 하니 쳐다본다. 그리고는 어이없는 말을 꺼낸다.

"응. 죽이려고 그래."

그러면서 짓눌리려고 발을 들어보였다.

다른 아이들은 대제와 봉순이를 번갈아 보며 친구들의 다툼을 재미있게 쳐다보고 있었다. 그 중 한 아이는 입을 아~ 하고 벌리며 눈을 크게 치켜뜨며 구경을 하고 있었다.

"봉순아! 안돼. 이런 땅강아지 같은 작은 벌레들도 생명이 있는 거야. 생명이 있는 것을 함부로 죽이면 벌 받아."

대제는 어린아이가 아닌 어른처럼 엄하게 훈계하는 것 같았다.

"다른 누가 너를 죽인다고 생각해봐."

봉순이는 자기를 죽인다고 생각하니 눈물이 맺혔다.

"나는 그냥 심심해서…"

"벌레잖아."

"그래서 나도 모르게 죽일라고… 그런데 죽이는 건 나쁜 거구나."

대제는 어디서 그런 말을 배웠는지 또렷하게 말을 시작한다.

"생명은 누구나 똑같은 거야. 곤충이나 벌레들도 우리들과 같은 생명이 있어. 때리거나 다리를 끊어버리면 게네들도 아프고 고통스러운 거지."

"대제야~."

대제는 엄마가 부르는 소리에 하던 말을 멈추고 집으로 뛰어 들어갔다. 그러는 사이 땅강아지는 다행히 살아났다. 재빠른 걸음으로 얼른 풀숲으로 기어들어가 숨어버린다.

나무에 앉아있던 참새무리들이 짹짹거리며 아이들이 노는 주변과 나무를 번갈아 왔다 갔다 하며 놀리더니 휘~릭 날개소리를 크게 내며 저 멀리 하늘로 날아올라간다.

태양도 지글지글 끓어오르는 자신의 모습을 잠깐 동안 숨긴 채 따뜻한 바람을 불어주며 천진스러운 아이들을 지켜주고 있었다.

대제는 꿈을 많이 꾼다. 어린이에게 꿈은 한참 자라고 있는 증거이지만 꿈속이 리얼하다. 꿈에서 깨어난 대제는 실재인지 꿈인지를 곰곰이 생각해본 적이 한두 번이 아니었다.

어떤 꿈은 붓다의 얼굴이 엄청 많았다. 그런 붓다의 그윽한 얼굴들이 하늘로 끝없이 이어져 나가는 것인데. 특히 붓다와 하늘나라에 올라 용을 타고 노는 꿈을 많이 꾸게 되었다.

스승 균야도 꿈에 나타나 어린 대제와 함께 우주를 여행하기도 했다. 어느 날은 끝없는 구덩이 속으로 떨어지는데 그 무서움이 잠자는 현실에서도 느껴져 깜짝 놀라 깨기도 하며 그 놀란 가슴이 두근두근 거리기도 하였다.

꿈은 제2의 마음이다.

지그문트 프로이드는 우리들이 꾸는 꿈은 무의식을 대변한다고 했다. 귀신에 쫓겨 다니거나 사악한 것들이 꿈에서 생겨난다면 현실에서 겪고 있는 것들에 대해 비유적으로 나타나는 것이라고 단정한다. 어딘지 모르는 곳에 떨어지거나, 과도한 경험을 겪게 되는 것 역시 꿈속에 등장한다고 한다.

마음은 초대형 슈퍼컴퓨터처럼 모든 것을 만들어 관리 감독하지만 소리와 냄새도 없고 보고 들을 수도 없다. 즉 마음은 모습과 에너지가 없다.

모양과 에너지가 없는 마음이 진리와 만물의 근원이니 이 또한 무슨 물건이란 말인가!

그래서 마음을 알고 느끼려면 우선 마음의 문을 열어야 한다. 마음의 문을 열어야 넓고 큰 세상을 볼 수 있다.

밖에서 밖을 보면 쉽게 속을 수 있다. 진실을 제대로 알 수 없다. 안에서 밖을 내다보아야 평온하면서 정확하게 세상과 우주까지 바라볼 수 있다.

마음의 문을 무너뜨리고 나와야 한다.

탯줄을 끊고 알을 깨고 나와야 생물의 바코드를 부여받듯이 진정한 어른이 되려면 마음의 문을 무너뜨려 세상에 발을 디뎌야만 한다.

우리들에겐 진실을 속이려는 눈이 있다. 그것은 겉으로 드러낸 마음들이다. 즉 생각의 집합체이며 번뇌의 하수인들이다. 오로지 나를 중심으로 대본을 쓰고 주인공을 만든다.

이기적인 사랑과 정정당당하지 못한 삶에 우리들 마음의 눈은 속고 있다. 이런 마음의 눈을 겉마음이라 한다.

표층적 심리를 겉마음이라고도 한다. 표층적 심리는 우리가 보고 듣고 냄새 맡고 맛보는 기초적 생각들이다. 마음이 밖으로 표출되는 지각작용이며, 그 속엔 나(我)가 꽉 차있다. 즉 나에 둘러친 마음이 겉마음이다. 우리들은 이런 겉마음을 의식이라 부른다.

이런 겉마음인 의식을 정화하지 않고 꾸는 꿈을 흔히들 개꿈이라 부르기도 한다. 의식이 정화되지 않으니 꿈도 불규칙적이다. 그러니 개꿈은 주제가 없이 어수선하다.

내면을 들여다 볼 수 있기에 진실이 있다. 우리들의 인생 성공은 내면을 바로 알고 보는 데 있다. 잠깐 이루어진 세상이 아니라 영원의 연속성을 이끌어내는 허공의 존재를 느끼게 한다.

표층적인 겉마음을 지나 통로가 없는 마음을 깊이 들어가게 되면 심층적인 속마음을 알 수 있다.

속마음은 깨달음이다. 깨달음은 깊은 곳이다. 깊은 곳에서 눈을 떠 광대한 시야를 갖는 것이다. 속마음은 깨달음의 세계이다.

나(我)가 떨어졌기에 나가 없고 진리마저 시비가 붙지 않는 대광명 속에 시원한 바람이 끝없이 불어대는 대해(大海)의 절경.

만물을 융합시켜 열반으로 이끄는 절대자 아닌 절대자의 자비스러운 포옹이다. 이런 속마음을 무의식이라 부른다.

바다에는 수없는 생물과 무생물이 살아가듯이 속마음인 무의식에도 생각할 수 없는 상황들이 갈무리되어 있다.

일의 시작과 진행 그리고 결과들이 수많은 전생에서부터 이어져 내려온 역사의 행습들이 함께 모여져 있다.

지구에 모여 살아가는 각양각색의 생물과 무생물들 그리고 끝없이 펼쳐진 원소들이 모두가 하나라는 테두리 안에 들어있지만 서로가 서로에게 방해됨 없이 살아간다.

속마음에는 수천억 겁을 통해 저장된 일련의 행습들이 없어지지 않고 분신이 되어 규칙적으로 운영되고 있다.

속마음의 분신인 창공의 씨앗들이 시간의 개념을 넘어 안과 밖으로 분출되는데 밖으로 분출되면 습관과 업이 되어 따라다니고 안으로 분출되면 내공이 되기도 하고 수면 속에서 씨앗이 요술을 부려 자유롭게 돌아다니며 꿈을 꾼다.

좋은 씨앗이 싹이 돋을 때 꿈을 꾸면 선몽과 밝은 미래의 예언이 되는 것이다.

깨달음을 얻지 못한 마음은 믿음이 약하다. 내가 나한테 속는 이유가 여기 있다. 그래서 꿈에 집착하는 맹신은 버려야한다.

꿈도 마음이다. 만물의 근원도 마음에서 나온다. 그 실상은 하나에서 나와 서로 통하지만 각자 이름을 달리했을 뿐이다.

어리석은 사람들은 그 모습과 이름에 매달려 집착하여 실상에 미혹하게 된다. 깨달은 사람은 그 실상을 알아보고 이름과 모습에 집착하지 않아 매달리지 않는다. 그래서 꿈을 꾸어도 집착하거나 매달리지 말아야 한다.

마음이 있어 꿈도 있다. 행복도 느낀다. 행복도 마음이다. 진한 감동도 울려 퍼진다. 진한 감동도 마음이다. 사랑도 마음으로 한다. 시간도 마음이고 공간도 마음이다. 자연이 진화하는 물결도 마음이다. 우주 또한 마음이다. 우주 탄생의 비밀이 마음에 있다. 마음을 배우고 깨달아야 한다. 인류의 미래가 마음에 있음을 알아야 한다. 이렇게 마음은 중요한 것이다.

앞으로 인류가 제4의 세계를 만들어 이끌어나가 우주의 선두자가 되려면 마음의 천재인 붓다와 공자 소크라테스와 예수 등과 같은 위대한 성인들을 배출해야만 한다.

이준수네 집 뒷방에 군인 가족들이 이사해왔다. 이사 온 군인 아저씨는 배가 볼록하게 나왔지만 인정이 넘치는 얼굴이었다. 아줌마도 인상은 좋아 보였지만 아들 둘의 개구쟁이 짓에 간혹 신경질 섞인 짜증을 내기도 하였다.

아들들은 두 살 터울의 형 오창식과 동생 오원식이다. 형은 준수의 아들 대제와 나이가 같은 초등학교 3학년이었다.

오창식은 지독한 개구쟁이다. 오죽하면 창식이 엄마는 아들이 학교에서 돌아오면 여름에는 팬티만 입혀놓고 겨울에는 내복만 입혀 겉옷을 숨겨놓는다. 그래도 창식이는 귀신처럼 옷을 찾아내 몰래 입고 도망을 친다. 자신의 멋진 세상을 만들기 위해서….

개구쟁이는 자신만의 세상이 있다. 그 세상을 위해 거침없이 행동에 옮긴다. 한번 들판에 뛰어든 야생 흑마는 아무것도 구속받지 않고 자유를 얻어 달리듯이 개구쟁이도 자유를 얻기 위해 밖으로 뛰쳐나가는 것이다.

창식이는 자신의 세상을 만들어가는 친화적인 개구쟁이이다. 세상을 자기 친구로 만드는 것 같다.

얼굴은 하나하나 따져보면 잘생겨 보였지만 얼굴에 함께 모아 놓으면 조금 웃긴 얼굴이다. 마치 머털도사의 얼굴처럼 순박하면서 천진스러웠고, 비밀이 많으면서 신비스러웠다.

"야! 어디 가냐?"

동네 골목에서 창식이가 대제를 불러 세웠다.

"응. 집에 갈려고."

창식이가 코를 후비며 말했다.

"개울에 놀러 가는데 같이 가자~."

"개~울. 저기 그래 가자."

대제는 갑자기 생각을 바꿨다. 창식이가 좋았다. 왜 좋은지는 모르고 그냥 좋았다. 창식이의 말투며 생긴 모습이 끌렸다. 자신도 모르는 사이 창식이 에게 끌려가는 것 같았다.

창식이는 사람을 빨아들이는 흡인력이 강하다. 어리고 개구지지만 왠지 모르게 넓고 맑게 빛나는 이마와 큰 눈이 사람들에게 어필하는 것 같았다.

가을 추수를 끝낸 논바닥에 볏짚을 쌓아놓는다. 그 볏짚 위에서 장난치다 볏짚단을 무너뜨려 버렸다. 볏짚 주인은 아이들을 잡으려 뛰어온다. 같이 놀던 아이들이 창식이만 나두고 줄이 나게 도망친다. 그리고 창식이는 주인한테 잡혔다.

다른 아이 갔으면 몽둥이 세례를 받았지만 창식이를 본 농부는 껄껄 웃는다.

"이놈 장군깜일세! 다음엔 그러면 안돼 알았지."

그리고는 아무 일 없던 것처럼 창식이를 보내줬다.

창식이도 대제가 마음에 들었다. 착하고 순진해서 자신한테 잘 속았다. 아니 속아 주는 것 같았다.

바지주머니에 손을 넣고 신이 나는지 창식이는 사뿐사뿐 발을 구르며 걸어간다. 그 뒤를 대제가 따라간다. 여름이라 뜨거운데도 한참 뛰어노는 아이들이라 더운지도 모르고 개울로 즐겁게 발을 옮긴다.

길을 가다가 둘을 발견한 더벅머리 동만이가 다가오며 묻는다.

"둘이 어디 가냐?"

"개울에 놀러간다."

"같이 가자."

동만이와 친하게 지내는 대제가 놀자고 한다.

"엄마 심부름 가는 중이야."

"잘 갔다 와!"

동만이가 흥얼거리며 노래를 부른다.

"고기를 잡으러 바다로 갈까나~

고기를 잡으러 강으로 갈까나~

이 병에 가득히 넣어가지고서~

라라라라 라라라라 온다나."

마을 어귀에 있는 미루나무 밑을 지나고 있던 창식이가 발을 멈춘다.

"잠깐만."

창식이는 손으로 나무 밑의 흙을 파낸다. 잠시 후 100원 짜리 동전 3개를 꺼내 주머니에 넣는다.

"여기는 돈이 나오는 자리야. 너도 필요하면 여기서 돈을 꺼내

써."

창식이 얼굴엔 신이 넘쳐났다.

대제는 깜짝 놀라 숨이 멎었다. 친구가 요술을 부리는 것 같았다. 그가 말을 하면 큰 마술 모자를 쓴 요술사가 주문을 거는 것 같았다. 요술 봉으로 별을 만드는 것만 같았다.

신비한 기운이 그를 따라다닌다. 창식이는 신의 아들 같아보였다. 결코 신의 아들이 아니라는 것은 어른이 되어서야 알았다. 꼼수를 쓴다는 것을….

개울엔 아이들이 왁자지껄 떠들며 미역을 감는다. 대부분 빨가벗고 미역을 감기에 여자 아이들은 별로 없었다.

물놀이는 아이들이 제일 좋아하는 놀이다. 물속 무중력의 편안한 세상이 좋은 것이다. 햇볕이 뜨겁게 내리쬐는데도 새까맣게 탄 아이들이 하얀 이를 보이며 퐁당퐁당 발장구를 치며 시간가는 줄 모르고 재미있게 논다.

한참 물놀이를 하면 배가 고프다. 아이들 서넛이 목장이 있는 개울가 산속 수박밭으로 몰래 기어들어간다.

잘 익은 과일을 서리하여 나무가 우거진 숲속에 앉아 빨간 속살이 비쳐진 수박에 입을 처박고 게걸스럽게 먹는다. 단내 나는 귀여운 배꼽참외는 물놀이 장난감이 되어 버린다.

창식이는 맨손으로 물고기도 잘 잡았다. 개울가에 가면 친구들에게 손으로 물고기를 잡아 보여줬다.

멍텅구리, 붕어, 징거미를 특히 잘 잡았다. 잡기 어려운 피라미도 잘 잡아냈다. 간혹 메기를 잡아 올리면 아이들은 '와~' 하고 감탄사를 연발 내질렀다.

우리의 창식이는 우상 같은 존재였다. 그 애는 싸움도 잘한다. 감히 도전을 하는 애들이 없었다.

돌아다니는 것을 좋아하는 대제와 들과 개울을 놀이터 삼아 산속에다 아지트를 만들며 추억 속 동화를 그려나갔다. 그러나 그 시간은 그리 오래가지 않았다. 5학년 가을에 창식이는 서울로 이사를 떠났다.

이사를 떠나기 전 창식이는 정이든 대제를 불러냈다. 하늘은 일몰 때문에 온통 붉게 물들었고 그 기운이 세상에 퍼져 사람의 피가 일몰 때문에 빨간 것인가? 하는 착각을 일으키게 했다.

"대제야!"

"응."

"저번에 엄마하고 교회에 갔는데 여자애들이 많더라."

그러면서 창식이는 시익하고 웃는다.

"그 교회에서 목사님이 설교를 하시는데 말이야. 그리스도의 절대적인 권능을 믿어야 올바른 기독교인이라는데… 교회에 있던 사람들이 모두 큰소리로 아멘 그러는 거야."

"난 잘 몰라."

"근데 너무 무서웠다."

창식이의 무섭다는 말에 대제는 이상한 사람을 쳐다보듯 물었다.

"너도 무서운 것이 있냐!"

창식이는 동네 아이들의 짱이었다. 도무지 걸릴 것이 없어 보였다. 그가 너무 무섭다고 하는 그리스도는 무엇일까?

이사를 떠나기 한 달 전, 서울에 살던 창식이 누나가 왔다. 새하얀 얼굴에 곱게 빗은 단발머리에 비누냄새가 풍겼다. 거기에다 교복을 입은 모습이 너무 예뻤다. 창식이 말로는 고등학생이라고 하였다.

여자에 대해 잘 몰랐던 대제는 창식이 누나가 정말 좋았다. 그 예쁜 얼굴에 하얀 이를 드러내며 웃는다. 가슴이 쿵쾅하고 뛴다. 얼굴이 빨갛게 피어오른다. 어른이 다 된 것만 같았다.

창식이의 누나 이름은 수정이었다. 집 앞에서 놀고 있는 우리들에게로 그녀가 다가온다. 그리고 대제에게 말을 건넨다.

"애! 네가 대제니?"

긴 원피스를 입은 누나의 살짝 웃음을 띤 모습. 대제는 창피함에 고개를 떨어뜨린다.

"예. 맞아요."

기어들어가는 목소리로 대답을 한다.

"귀엽게 생겼구나."

상냥한 여자의 목소리였다. 누나의 목소리는 꿀을 발라놓는 빵처럼 맛있었다. 공명과 발음의 밸런스가 환상적이었다.

자꾸만 몸에서 이상한 기운이 빠져나가는 듯 힘이 없었다. 바닥에 철퍼덕 주저앉고 싶었다. 자비의 화신인 관음보살이 앞에 있는 것일까.

그녀가 다시 한 번 묻는다.

"꿈은 갖고 있니?"

수정이는 대제가 비록 어린아이지만 범상치 않는 눈매가 인상적이었다. 자기가 다니는 절의 큰스님 눈과 닮았다고 생각하며 처음 본 아이에게 엉뚱한 질문을 하는 것이다.

대답이 목구멍을 타고 올라와 입안에서 맴돈다. 진실한 말과 입바른 소리는 이처럼 말하기가 어려운 것인가. 간신히 들뜬 감정을 억누르고 대답을 한다.

"고통과 어려움에 처한 사람들을 구하는 것이에요."

"어머. 어린애가 어떻게 그런 말을 할 줄 아니. 야! 너 대단하다. 꼭 그렇게 되길 바란다."

그러면서 수정이는 대제의 머리를 쓰다듬는다. 몸에 있는 피가 한순간 머리로 쏠린다. 그리고 마음 안이 뜨거워진다. 눈앞에 펼쳐진 환상이 베토벤의 교향곡 운명과 만나 공간을 가득 채운다.

잠자기 전 대제는 오늘 있었던 일을 누워서 가만히 생각해 보았다.

'창식이가 무서워했던 그리스도의 아멘은 뭘까?'

그리스도는 예수님이라고 학교에서 교회를 다니는 아이들이 하는 얘기를 들은 적이 있었다.

'모두를 사랑으로 대한다는 예수님을 창식이는 왜 무서워했을까? 예수님은 창식이만 사랑하지 않을까? 사랑이란 뭘까?'

창식이 누나를 생각하니 웃음이 나왔다. 마음이 떨리는 여자는 처음이었다. 처음 보는 순간 천사로 착각했었다. 수정이 누나를 좋아하는 것 같았다. 이런 걸! 사랑이라 하는 것인가.

엄마를 좋아하는 것이 사랑일까? 누나를 좋아하는 것이 사랑일까? 머리가 아팠다. 사랑이란 마음과 머리가 아픈 것이라고 결론을 내리고 잠에 들었다.

대제의 눈엔 가끔가다 그림 같은 상황들이 펼쳐진다. 잠자기 전이나 때론 아무 생각이 없을 때 문득 상황들이 생생하게 보이는 것이다. 이상한 것은 눈에 보인 일들이 현실에서 꼭 일어나는 것이다.

그날도 잠이 들기 전에 아빠하고 큰 개울가에서 돌을 줍는 모습이 모였다. 아니나 다를까. 일요일 아침밥을 먹고 아빠가 강가에 같이 가자고 한다.

대제는 아빠와 같이 다니는 것이 좋았다. 아빠와 같이 다니면 병아리가 어미닭을 떠나지 않고 맴돌듯 따뜻하고 포근했다. 난 노란 병아리가 된다. 그리고 아빠 꽁무니를 졸졸 잘 따라다니는 씩씩하고 귀여운 병아리다.

자전거를 타고 한참을 가니 큰 강이 나왔다. 고요히 흐르는 강 옆엔 돌들이 많았다. 아빤 수석을 줍는 방법을 가르쳤다. 어린아이가 뭘 알겠느냐마는 신이 난 열정으로 가르친다.

"이렇게 생긴 돌이 수석이다."

아빠가 들어 보인 돌은 반질반질한 검정색 돌이었다.

"수석은 이렇게 윤이 나고 반질거리는 것이 좋은 거야. 그 다음은 푸석하지 않고 단단한 느낌이 오는 검정색이 좋고. 돌 모양이 예뻐야 해. 동물을 닮았든지, 생긴 것이 특이하면 되는 거야."

대제가 돌 하나를 들어 보였다.

"그 돌은 그냥 돌멩이야. 버려."

대제는 손에 든 돌을 땅에 버렸다.

아빠 준수도 아들 대제를 데리고 다니는 것이 정말 좋았다. 나하고 비슷하게 생긴 남자 아이가 내 뒤를 따라다니며 흉내를 내니 사랑스럽다 못해 얄밉기도 하였다.

수석도 주우러 다니고, 여름이면 개울에서 물고기를 잡았고, 가을에는 버섯을 따러 산으로 다닌다. 부자가 함께 산으로 개울로 들어가면 뻐꾸기와 뜸부기가 열심히 울어댔다.

익살맞은 새소리를 들으며 자연 속으로 발을 들이면 생각과 마음이 고요하게 익어가는 느낌이 들었다. 지금은 논이나 연못에서 뻐꾸기와 뜸부기 소리를 마음 편히 들을 수 없다.

그들은 어디에서 자신의 목청을 가다듬으며 애절한 노래를 부르는 걸까.

엄마는 버섯국을 맛나게 잘 끓이셨다. 밤버섯, 느타리버섯을 따가면 엄마의 버섯국을 대제는 두 그릇이나 비웠다. 미끈거리며 씹히는 밤버섯의 맛은 행복하다 못해 죽을 것만 같았다.

해가 바뀌어 여름 장마가 찾아왔다. 올해 장마는 유난히 심술궂게 비를 퍼부었다. 시뻘건 흙탕물이 무섭도록 개울을 덮치고 있었다. 하늘도 아직 슬픔의 독기를 다 뽑아내지 않았는지 시꺼먼 구름을 껴안고 있었다.

그나마 개울 가장자리에서 무서움을 모르고 고기를 잡는 어른들이 삭막한 장마풍경에 모카크림 같은 부드러움이 전해지는 것 같았다.

수일이 지나자 시뻘건 흙탕물은 빠져버리고 맑은 개울물이 묵직한 물결의 흐름 속에서 백곰과 설표를 만들어낸다. 화가 난 백곰들은 아이들을 집어삼켜 내뱉는 소용돌이를 만들어놓기도 하였다.

장마가 끝나면 햇볕이 뜨겁다. 따갑고 후끈한 여름 햇볕을 맞으며 물놀이를 즐기면 이내 몸은 새까맣게 변해버린다. 맑은 물속으로 다이빙을 한다. 몇 번 다이빙을 마친 아이는 이제 수영을 잘하는 동네 물개가 되어버렸다.

장마가 끝난 물속 바닥에는 고운 모래가 많이 깔려있었다. 발가락으로 모래를 헤집으면 공기유리가 느껴지는 환상 속으로 빠져든다. 간혹 민물조개가 잡혀 올라오기도 한다.

70년대 시골아이들에게 특별한 여름휴가는 없었다. 아이들과 삼삼오오 짝을 지은 물놀이가 최고의 여름휴가였다.

"햇볕은 쨍쨍 모래알은 반짝 모래알로 떡 해 놓고 조약돌로 소반 지어 언니 누나 모셔다가 맛있게도 냠냠."

아이들은 신나게 노래를 부르며 개울가로 향한다. 그날 오후도 정열적으로 뜨거웠다. 대제와 동네 아이들 다섯이 장마가 끝나고 깨끗한 물이 폭포수처럼 흘러내리는 큰 개울에 나가 신나게 물장구를 치고 있었다.

수영을 잘하는 아이는 보를 막아놓은 곳에 올라가 다이빙을 하며 행복한 표정을 지으며 놀고 있었다. 보를 막아놓은 곳에는 회오리 치는 소용돌이 물살이 만들어져 위험했다.

소용돌이 물살은 살아있는 모든 것을 삼켜 먹을 듯 기세가 당당했다. 대부분의 아이들은 낮은 가장자리에서 물장구를 치며 놀기를 좋아했다.

봉순이와 다른 여자아이는 시끌벅적 떠든다. 동만이는 진하게 하하 웃으며 물속으로 첨벙하고 뛰어든다.

"나 봐라."

하면서 대제도 잠수실력을 보며주며 한참 동안 물 밖으로 나오지 않는다. 승훈이는 손바닥으로 친구들에게 물을 먹이며 물싸움을 하고 있었다.

태양도 아이들 놀이에 만족하듯 함박 햇살을 쉴 사이 없이 내리 꽂고 있었다.

대제와 동만이는 보 위에서 함께 뛰어내린다. 보 아래는 안쪽으로 휩쓸리는 소용돌이가 크게 돌고 있었다. 소용돌이를 피해 몇 번을 뛰어내리더니만 힘이 쭉 빠져 버리고 만 것이다.

둘은 "야~아" 기합을 주면서 힘차게 뛰어내렸지만 그만 악마처럼 입을 벌리며 모든 걸 빨아들이는 소용돌이 물거품 속으로 뛰어든 것이다.

소용돌이는 오랜만에 걸려든 먹이를 놔주지 않았다. 두 아이들의 싱그러운 기운을 흡입하는 것 같았다. 한번 걸려든 먹이는 절대로 놓치는 법이 없는 소용돌이가 대제와 동만이를 정신없이 돌리고 있었다.

순식간 아이들의 물놀이판은 조금 전까지와는 전혀 달랐다. 놀랍고 안타까운 순간을 바라보는 아이들의 멍한 스크류 상황이 소용돌이와 합쳐 사라져버린다.

“대제야~”

“동만아~”

“형아~”

봉순이와 귀동이는 친구이름을 목놓아 불러본다. 귀동이 동생은 서글프게 울부짖는다. 그러나 여전히 속이 보이지 않는 파랑개비 소용돌이는 두 사람을 삼키고 물귀신처럼 꼭 잡아 두는 것 같았다.

물속에 있는 대제는 소용돌이 물살이 자신을 힘차게 때린다는 사실을 느꼈다. 소용돌이에 맞서며 저항하는 것은 어린이에게 불가항력이었다. 이리저리 정신없이 휘몰아친다.

잠깐 정신을 잃고 다시 깨어났지만 수백 마리의 늑대 이빨이 자기를 물어뜯는 것처럼 몸뚱이를 에이는 것 같았다. 무섭도록 겁이 났다.

‘이것이 죽는 것이로구나! 살고 죽는 것도 별것은 아니구나! 내가 죽으면 나는 어디로 가는 걸까? 이렇게 쉽사리 갈 인생인데 더 잘할 걸!’

잠깐이지만 많은 생각과 환영들이 일어났다 사그라졌다. 환영

속에는 내가 겪은 일들도 있었지만 전혀 모르는 환영도 들어있었다.

까마득한 옛날 대제는 초식성 티타노사우루스의 새끼공룡이었다.

그날은 먹구름에 덮여 날씨가 흐렸다. 새끼 공룡은 무리들과 풀도 뜯어먹으며 동무들과 놀고 있었다. 그 당시 그곳은 무척 풍요로워 보였다.

서로 잡아먹고 먹히는 약육강식의 시절이었지만 지구라는 땅에 머물고 있는 생물들은 각자 고유의 원시적 개성을 발전시키고 펼치면서 일구어 나가는 지상낙원의 행복을 누리고 있었다.

몇 달 전부터 장대비가 끊임없이 쏟아졌다. 보이는 곳은 대부분 물에 잠겨버렸기에 티타노사우루스 공룡식구들은 높은 산으로 이동을 해야만 했다. 산 위에는 큰 호수가 만들어져 있었다.

큰 호수에는 많은 백악기 시대의 동물들이 모여 살고 있었다. 비는 그쳤지만 그날은 하루 종일 무척이나 흐렸다. 그런데 어디서 불이 났는지. 온 산에 큰불이 번져 멋진 자연경관은 아수라장이 되어버렸다. 산 위에 사는 동물들은 우왕좌왕하며 불을 피해 달아난다.

100미터가 넘는 거대한 나무들이 활활 타오르며 쓰러진다. 도망치는 티타노사우루스의 엄마 공룡과 새끼 공룡을 덮쳐버린 것이다.

엄마의 희생으로 다행히 살아남은 새끼가 슬픔에 잠겨 엄마의 주검을 보고 컥컥 거리며 운다. 그리고 쓸쓸하게 홀로 길을 떠나는 모습이 보였다. 그 모습이 얼마나 슬픈지 목숨이 오가는 다급한 상황에서도 울어버렸다.

승훈이는 다급하게 어른들을 부르러 달려간다.

'동만이는 어떻게 되었을까?' 하는 순간 동만이가 힘차게 발길질을 하며 대제를 밀쳐버린다. 대제는 동만이의 발길질 덕분에 소용돌이 속에서 간신히 빠져나와 개울 가장자리로 떠밀려나왔다.

그러나 동만이는 2~3분을 더 쳇바퀴 돌듯 휩쓸리더니만 축 늘어진 몸뚱이가 깊은 개울 쪽으로 빠져나간다. 이미 정신은 잃었고 목숨도 몸을 떠난 영혼이었다.

하늘나라에 먹구름이 순식간에 몰려온다. 어둡게 변한 하늘에 천둥번개가 매몰차게 몰아치더니 하늘 땅이 사시나무 떨듯 떨어댄다.

군야는 일미법사에게 큰일이 생긴 것을 예감하고 심안으로 일미법사인 대제를 비추어본다. 아니나 다를까 대제는 물귀신 신세를 간신히 벗고 구사일생으로 살아나 개울에 앉은 채 헐떡거린다.

대제의 친구인 더벅머리 동만이는 위기상황에서 대제를 살리고 자신은 장열하게 죽는다. 물밑으로 굴러다니는 동만이의 시체에서 영혼이 빠져나온다. 정수리에서 빠져 나온 투명한 영혼은 바로 하늘나라로 올라간다.

동만이의 영혼은 더벅머리 소년이 아니라 말끔한 스님의 모습으로 바뀌더니 군야의 궁전으로 들어가 인사를 올린다.

"맡은 소임을 마치고 왔습니다."

동만이의 영혼이 스님이라니…. 그 영혼이 맡은 소임이라는 것은 무엇일까? 미스터리의 진실은 무엇인가. 진실은 믿음이다. 진실은 믿음의 얼굴을 가지고 있다. 믿음의 마음으로 영혼을 성숙시키면 진실은 빛이 난다. 진실은 믿음의 바탕에서 큰 힘을 발휘한다.

군야는 만족한 표정을 지으며 말했다.

"수고했네."

동만이는 군야가 보낸 일미법사의 호법신이다. 법사가 위기를 맞고 방황을 하며 떠돌 때를 대비해, 대제의 안위와 큰일을 돕기 위해 스승인 군야가 호법신을 붙여 놓았던 것이다.

일미법사는 군야가 예언한 데로 한번 죽었다 다시 살아난 셈이다.

동만이 엄마가 헐레벌떡 뛰어온다.

"아이고! 동만아."

개울가를 향해 피를 토하듯 연신 동만이를 찾으며 울부짖는다. 슬픈 태양도 구름에 감싸여 본분을 잃어버렸다. 개울 물살도 아까와는 달리 까칠한 표정을 감추고 너그러우면서도 고요하게 흘러간다.

동만이 엄마는 눈물을 흘리며 대제를 쏘아붙인다.

"아이고 이놈아 너만 살아나오면 어떡하나! 아이고 우리 동만이 어디 있냐?"

개울바닥에 주저앉아 땅을 치며 통곡을 한다.

동만이는 귀여운 강아지 같았다. 뛰어노는 것을 좋아했다. 더벅머리에 깨끗하지 않지만 늘 대제에게는 웃는 얼굴을 하고 있었다. 밖으로 놀러 나올 때면 보리쌀 누룽지를 몰래 가져와 대제에게만 주곤 한 인정이 많은 아이였다.

대제도 동만이 생각에 눈물이 주르르 흘렀다. 동만 엄마의 말에 대제는 큰 충격을 받았다.

동만이의 죽음이 자기 때문인 것 같았다. 머리와 마음이 지져질 것 같은 고통을 느꼈다.

'동만아 미안하다. 나만 살아 나와서….'

훗날 대제는 동만이가 친구인 자기를 살리려고 일부러 밀쳐낸 것을 알며 더욱 마음 아파했다.

대제 아빠와 엄마는 조금은 늦게 뛰어왔다. 둘 다 빨갛게 상기된 얼굴이었다. 상황을 보니 아들은 살아났고 동만이는 물속에 빠져 죽은 것 같았다. 아직 시체도 찾지 못해 동만 엄마는 발만 동동 구르고 있었다.

엄마는 대제를 다그친다.

"이 녀석아! 친구들하고 잘 놀아야지 이게 뭔 봉변이냐."

대제는 흐느껴 운다. 아빠는 구사일생으로 살아나온 큰아들을 껴안으며 놀란 마음을 어루만져준다.

"다친 데는 없어?"

무서움과 추위에 입술이 새파랗게 질린 대제를 본 아빠 이준수는 불행 중 다행스러운 생각에 꼭 끌어안아준다.

동만 엄마는 개울바닥에 앉아 하염없이 울며 신세한탄까지 한다.

"몇 년 전에도 남편을 데려가더니 이젠 자식새끼마저 데려가네. 아이고 이년의 팔자는 왜 이 모양 이 꼴이냐."

애닯게 울어 눈물과 콧물이 얼굴을 모두 덮었을 때 구급차가 왔다. 동만이의 시체는 다음날 아침에야 찾아냈다. 동만이 엄마는 파랗게 불어터진 주검을 안고 통곡을 한다.

동만이 식구들에게는 동만이가 유일한 삶에 희망이었다. 그런 동만이가 죽은 것은 희망의 불이 꺼진 등잔처럼 그을림 같은 인생을 사는 것이다.

희망은 달빛처럼 시원하고 은은한 동경의 기차를 탄 삶에 열정적인 메시지를 전달해 준다. 희망은 늘 새롭게 태어나게 해주는 기적의 멜로디이다.

힘들고 지친 삶이 희망의 달빛을 만나면 숙면을 부르고 숙면은 깊이 잠들어있는 기적의 에너지를 깨워 일으킨다.

아들을 양지바른 곳에 묻어준 뒤 동만네는 두 딸을 데리고 연천 땅을 떠났다.

다시 만난 군야

동만이 사건이후로 대제는 많이 변했다. 명랑하고 씩씩한 성격이 내성적으로 변하면서 혼자 있기를 즐겼고 동생 승민이와 집에서만 놀았다. 책을 좋아해 동화책을 읽고 나서는 상상에 빠지기도 하였다.

밤하늘에 떠있는 달과 별을 보며 그곳엔 혹시 외계인이 살까 하는 공상 속에 밤을 새우기도 하였다. 훌쩍 집을 나와 한참을 돌아다니다가 집으로 돌아오기도 했다.

대제는 학교에 가기를 싫어했다. 아이들이 자기를 보며 쑥떡거리기 때문이었다.

"동만이가 대제 때문에 죽었데."

대제는 수군거리는 아이들을 보고 성격이 날카로워지며 쏘아붙인다.

"야 새끼들아! 너희들이 봤냐? 내가 동만이를 죽인 걸."

험악하게 생긴 학년 짱 진구 아이가 한 말이다.

"우리 엄마가 그러던데. 너 때문에 동만이가 죽었다고."

둘은 씩씩거리며 서로 멱살을 붙잡는다. 진구가 먼저 주먹으로 얼굴을 가격한다. 대제의 귀가 시뻘겋게 달아오른다. 대제도 멱살 잡은 손을 밀쳐내고 냅다 진구의 얼굴을 때린다. 대제의 주먹에 코를 맞은 진구는 코피를 쏟으며 땅바닥에 주저앉자마자 대성통곡을 해댄다.

여자 아이가 선생님께 이른다. 선생님이 오셔서 싸움사건은 두 아이가 훈계와 벌을 받으면서 마무리됐고 대제는 아이들에게 무서운 짱으로 부각되었다.

그날 봉순이가 학교에서 일어났던 일을 대제 엄마에게 일렀다.

"아줌마! 대제가 학교에서 싸웠어요. 대제가 진구의 코피를 터뜨렸어요."

봉순이는 속이 시원한지 자랑스럽게 애기한다.

"그놈이 자꾸 죽은 동만이를… 대제 때문에 죽었다고 놀리는 거예요."

대제 엄마 영숙은 속이 상했다. 대제를 성당의 신부님처럼 키우고 싶었다. 예수님은 못되더라도 사제인 신부님처럼 사랑을 남들에게 베풀어 주기를 바랐던 것이다.

그전엔 폭력적인 아이가 아니었는데, 동만이 일로 아이가 변하는 것 같았다. 대제 엄마는 아들이 겉도는 이때에 바른길로 이끌어

주어야 한다고 생각을 했다.

습관은 중요하다. 습관엔 강력한 힘이 있기 때문이다. 옛말에 "바늘 도둑이 소 도둑 된다." "될성 싶은 나무는 떡잎부터 알아본다"는 속담이 있다.

못된 버릇이 습관이 되어 굳어지면 고치기 어려운 것이 현실이다. 어릴 적 들인 버릇과 습관은 인생의 성패를 좌우하는 초석이 된다. 그만큼 습관은 파워풀한 것이다. 우리들이 사람으로 살아갈 수 있는 것은 인간의 습성을 가지고 있기 때문이다.

인간이란 무엇인가? 선과 악이 함께 공존하지만 양심이라는 것이 있어서 도덕적 가치를 판단하여 옳고 그름을 분별하는 것이다. 분별한 선과 악을 깨달아 행동에 옮기는 것이 인간이다.

인간이 인간 다우려면 우선 선과 악을 잘 판단해서 실천해 옮겨야 한다. 여기서 한 단계 더 올라서서 참 인간이 되려면 수행을 통해 내면을 통일시키고 선과 악이 융합되어 분별마저 떨쳐버린 순수본연의 마음이 정신을 이끌어 가는 것이다.

대제가 학교에서 돌아오자 영숙은 정색을 한다.

"너 바른대로 말해라. 학교에서 무슨 일이 있었냐?"

대제는 아무렇지 않다는 듯 솔직히 말했다.

"친구들이 놀려서 싸웠습니다."

"그렇다고 친구를 때려 코피를 내?"

"내가 뭐라 그랬어. 싸우지 말고, 때리지 말라고 그랬지! 폭력은 나쁜 거야."

대제는 조금 울먹이면서 말을 한다. 엄마가 자기 편은 안 들고 다그치니 괜히 서러워진 것이다.

"잘못했습니다."

"잘못했으면 혼나야지."

엄중한 목소리가 방안에 울려 퍼진다.

영숙은 꺾어다 놓은 싸리나무 회초리로 아들의 종아리를 힘차게 내리친다.

"아이고, 이놈아! 뭐가 되려고 그러냐."

얼마 지나지 않아 종아리에 파랗고 빨간 핏줄이 서 울퉁불퉁 해졌다. 이내 대제는 닭똥 같은 눈물을 흘렸고, 엄마는 두 눈을 질끈 감았다. 그 이후로 아이는 다시는 폭력을 써 남을 때리지 않았다.

대제는 문득 절에 가고 싶다는 생각이 들었다. 절이 무엇인지 잘 몰랐지만 절이란 단어가 마음에 와 닿았다. 새로운 세계가 있을 것 같았다. 답답한 가슴을 시원하게 뻥 뚫어줄 비상하는 종달새의 울음소리를 듣고 싶었다.

절은 새들의 고향이다. 고요한 절 마당에 새 울음소리가 퍼지면 운치를 더해준다. 절은 고귀한 향기를 보여주기 위해 새들을 한 주먹 움켜잡는다. 아름다운 바이샬리를 회상하며 햇살이 퍼져 나가는 공간 속에 새소리를 담아놓는다. 그래서 절은 언제나 새들의 고향이 된다.

"이 근처에 절이 없나요? 연천엔 절이 없나요?"

"없다."

"모른다."

대제는 절이 있는 곳을 물어보았지만 아는 사람은 없었다. 절이란 동경의 대상을 마음에 품은 채 시간은 흘러간다.

엄마를 따라 성당에 다녀 봤고, 친구들의 전도로 교회에 나가 찬송가를 불러봤지만 이내 싫증이 나 정이 붙지 않았다.

시간이 흘러 고등학교 수학여행을 설악산으로 떠났다. 설악산에 도착해서 신흥사 경내에 들어서자 고향에 돌아온 것처럼 편안한 마음이 지금까지 답답하던 마음을 속 시원하게 풀어버렸다.

가을 계곡바람은 솔향을 흠뻑 묻혀 코를 자극한다. 대제는 소나무를 좋아했다. 한참 자라고 있는 아기 소나무가 아니라 다 자란 우람한 표범의 표피와 곧으면서도 자유로운 솔잎의 천진한 기지개에 반했었다.

대제는 소나무만 보면 힐링이 되어버렸다. 아름드리 소나무 기둥을 껴안고 똥개마냥 코를 박으며 소나무 영혼을 취한다.

송체의 영혼을 훔쳐 힐링이 되고 참사람이 된 대제는 대웅전에 발을 디딘다. 그리고 엄하면서도 자비스러운 붓다의 얼굴을 본 순간, 훔쳐 가진 송체의 영혼과 힘없는 자신의 넋마저 모두 빠져나가는 것 같았다.

대제는 붓다를 바라보며 눈물을 흘린다. 왜 울고 있는지 모르겠다.

오랜 옛날 붓다의 최면에 걸린 어린 동자가 관세음의 품에 달려가 안겨 왠지 모를 기쁨과 서러움에 하염없이 눈물을 흘리는 것처럼, 대제도 내면에서 올라오는 환희의 기쁨과 영혼의 부모를 잃은 서러움에 울고 있는지도 모르는 일이다. 이렇게 붓다와의 첫 대면은 올인 하는 클린 숏처럼 강력한 자석의 에너지를 느꼈다.

멍하니 서서 이유 없는 눈물을 흘리는 것을 본 같은 반 친구가 팔꿈치로 정신 차리라고 과격하게 밀어준다. 대제는 깜짝 놀랐다. 그리고 강한 최면에서 풀린 사람처럼 한동안 정신을 차릴 수 없었다.

사찰경내에는 관광객으로 북적거린다. 즐거운 여행에 사람들은 카메라를 꺼내들며 추억을 담는다. 약수를 떠서 시원하게 들이킨다.

"대제야! 아깐 왜 그랬냐?"

팔꿈치로 밀어버린 친구가 약수를 먹고 나서 대제에게 묻는다.

"나도 잘 모르겠어. 부처님을 본 순간 몸에 전율이 흐르면서 눈물이 나오는 거야!"

그 친구는 하하 웃으면서 원초적인 말을 내뱉는다.

"미친놈!"

그리고는 골똘히 생각을 하며 다시 꺼낸다.

"아마 부처님과 너는 운명이 있는 것 같아."

대제도 골똘히 생각에 잠긴다.

"부처님과 내가 운명이 있다고?"

세속을 벗어나 출가를 하여 불법을 닦는 것은 쉬운 일이 아니다. 마음만 있다고 해서 출가가 이루어지는 것도 물론 아니다.

전생에 쌓아놓은 선근공덕이 없으면 올바른 출가는 이루어질 수 없다. 선근공덕이 있어야 바른 출가아래 착실한 불법의 수업을 할 수 있는 것이다. 선근공덕이 없는 자는 다시 속가귀환의 인연을 받아들여야 할지도 모르는 일이다.

출가는 인생의 대변환기이다. 그전에 가진 사상과 행동거지를 완전히 뜯어고쳐 전혀 새로운 마이크로일렉트로닉스(microelectronics, 극소전자공학)를 만들고 이끄는 인간이 태어나기 때문이다.

이상적 출가는 몸과 마음이 함께 따라가야 한다. 몸만 세속을 떠난다면 마음은 세속에 남아있어 그에 따른 욕망과 애욕의 번뇌 망상에 시달리기 싶다. 또 마음만 출가한 자는 정진의 힘이 약하다. 불교는 수행정진을 통해 일말의 결과를 얻어 쓰는 종교이다.

몸이 따라가지 않고 마음의 의욕만 앞선다면 귀신처럼 수행정진은 이루어지지 않거나 늦어진다. 그래서 몸이 따라가려면 건강하고 깨끗한 상태가 이어져야 할 것이다.

수행자는 나이가 어려 출가하는 동진출가를 선호하고 있다. 세속의 쾌락에 몸과 영혼이 물들지 않아 청정하고 순수하다면 불법의 대의를 수행정진을 통해 냉면을 먹듯이 단번에 흡입할 수 있을 것이다.

대제는 출가를 생각해 모았다. 부모님이 마음에 걸렸지만 수행자로 출가해서 고고한 인생을 사는 것도 좋다고 느껴졌다. 불도를 이루어 힘들고 지친 이들의 영혼을 일깨워 세상을 평화스럽게 만드는 일은 그의 꿈이기도 하였다.

수학여행을 마치고 집에 돌아온 대제는 잠시 망각의 동물이 되어 그 생각도 잊어버렸다. 동진출가의 때를 점점 놓치고 만다. 그리고 조금씩 세속의 물을 들이고 있었다. 세속의 물이란 쾌락 속 탐욕의 씨앗이 싹튼다는 것이다.

어른이 되는 것은 세속 물이 깊게 배어드는 것이다. 어른이란 동정의 순수함을 등지고 이기적 야누스세상을 만들어가는 것이 아닌가.

시간이 흘러갈 수록, 나이가 들어갈 수록 세상 현실의 모습과 마주한 대제는 가슴이 답답했다. 이 세상의 모든 근심걱정을 짊어진 사람처럼 괴롭기도 하였다.

가난한 사람들이 현실적으로 받아들여야 하는 운명. 인간의 가장 근본적 욕구는 식욕이다. 식욕이 충족되지 않으면 인간은 동물과 다름이 없다. 민심이 성났다는 말은 배고픔에 굶주린 백성의 폭동이다. 그만큼 인간과 생물에게 먹는 욕구는 대단하다.

먹고 싶을 때 먹지 못하는 괴로움의 스트레스는 얼굴에 바로 표출된다. 굶주린 자의 얼굴을 보라! 그들의 눈엔 오로지 음식에만 관심이 쏠린다. 머릿속엔 배고픔의 처절하고 억울한 생각으로 차 있다.

대제는 가난한 자의 원초적 절규와 굶주린 망태기 아저씨의 꽤재재한 모습을 보면 더욱 마음이 아팠다.

청년 대제는 사람을 유심히 바라보는 것이 취미였다. 아니 사람들의 마음속을 들여다보는 것이 유일한 낙이었다. 사람들의 마음을 들여다보는 재주가 언제 생겼는지 모르지만, 안식이 있던 없던 간에 사람들의 표정을 주의 깊게 보는 관상가가 되기도 하고 관상가에서 벗어나 관상이 나오고 만들어지는 마음속을 들여다보는 것이 좋았다.

시간이 나면 서울 번화가 종로에 서서 오고가는 사람들의 얼굴을 보고나면 답답한 심정도 풀렸다. 사람들의 얼굴에는 각양각색의 파노라마 스크린처럼 변화나 굴곡들이 많았다.

어둡고 칙칙한 얼굴에서부터 무서운 얼굴 그리고 한국의 중년여성에서 풍기는 강인함의 에너지와 표독스러운 내면의 모습들을 맞이한다. 밝게 빛나는 외모에서 풍기는 긍정의 메시지도 가끔씩 발견하고, 세상 일과는 무관한 재미있고 익살스러운 얼굴들도 마주치기도 한다.

오랜만에 만나 친구들이 깔깔거리며 웃는 수줍은 여고생들의 모습은 젊고 윤기 나는 참기름을 발라놓은 그 싱그러운 기운이 매연에 쩌들은 가로수들도 새로이 살아나는 힘을 얻는다. 할 일없이 고궁에 앉아있는 산전수전 겪은 할아버지의 얼굴에는 외로운 측은함이 스며든다.

인간이 잘생기든 못생기든 밝고 어두운 표정 안으로는 헐떡거리는 괴로움의 원초적 조건이 자리잡고 있었다.

근심걱정을 담고 있는 사람들을 바라보는 그는 무척 슬펐다. 그들이 불쌍하게 보였다. 인간이 측은하게 여겨졌다. 식사시간에 배식을 받으려고 줄을 서는 인간들에게서 연민의 감정이 일어났다.

서울역에는 노숙자들이 많이 산다. 그들의 눈빛은 늘 술에 취한 사람들처럼 초점이 풀렸다. 누더기를 입거나 군인 야상점퍼를 입고 돈이나 담배를 구걸한다. 돈을 주면 대부분 술을 사서 마신다.

그들을 처음 본 사람들은 지구 안에 같이 살면서 전혀 다른 세상을 살아가는 사람이라 생각할 것이다. 처음엔 불쌍하다 동정을 보내다가도 노숙자들이 하는 짓들을 보면서 동정은 곧 분노로 바뀌어버린다.

그들이 찬 콘크리트 바닥에 신문지나 종이박스로 덮고 산다고 인간이하의 취급을 해서는 안 된다. 우리의 인생사는 말로 표현할 수 없는 일들이 많다. 사정이 있으면 노숙자로 살 수밖에 없을 것이다. 심리적으로 모든 것을 잃어버린 절망에서 찾아오는 무기력증은 사람을 끝없는 나락으로 빠뜨릴 수 있다. 남들에게 피해를 주고 소란을 피우는 노숙자는 극소수일 뿐이다. 대부분 노숙자들은 냄새를 피우는 자신이 창피해 일반인들을 피할 것이다.

청년으로 성장한 대제는 가끔씩 서울역으로 노숙자를 만나러 간다. 그들을 만나려면 한밤중에 가야 한다. 한밤중엔 노숙인들의 눈이 낮보단 살아나 있었다. 굶주린 그들에게 밥을 사주고 싶었고 그들의 슬픈 사정을 마음을 열어 듣고 싶었다.

자정이 가까운 시간. 대제와 노숙인 한 명이 남대문시장 쪽으로 걸어가고 있었다. 노숙인은 체격이 건장해보였고 다른 노숙인들보단 깨끗해 보였지만 씻지 않은 세상 밖으로 묵고 찌든 인간의 역겨운 냄새를 가지고 있었다.

조금 전 서울역주변 바닥에 신문지를 깔고 앉은 남루한 한 남자에게 대제가 다가가 말을 걸었다. 약한 사팔뜨기 눈을 가진 그는 바닥과 하늘을 번갈아 보며 근심이 가득한 얼굴엔 꼬질꼬질한 수염이 덥수룩하게 자라있었다.

"국밥 한 그릇 살 때니 갑시다."

낯선 사람의 선심에 잔뜩 경계를 하며 퉁명스럽게 쏘아붙인다.

"기자요? 아! 우리 같은 사람을 뭘 취재할 게 있다고."

짜증이 났는지 한마디 내뱉는다. 땅바닥만 쳐다보고 있던 사팔뜨기 눈을 크게 뜨니 이마엔 굵은 주름들이 드러난다.

"나는 기자가 아니에요. 추워보여서 따뜻한 국물 좀 사드리고 싶어서요."

노숙인은 국밥을 사주겠다는 남자를 유심히 쳐다보고는 나쁜 사람이 아닌 것 같아 승낙을 한다.

"좋소. 갑시다."

늦가을이라 밤과 새벽녘은 쌀쌀했다. 두 사람은 호주머니에 손을 집어넣고 묵묵히 한참을 걸어 남대문시장 안의 한 순댓국집으로 들어갔다. 자정이 가까운 시간이라 손님은 없었다.

테이블에 마주앉은 대제와 노숙인은 순대술국 대자 한 그릇과 소주 한 병을 시켰다. 밝은 불빛에서 바라보니 나이가 들어 보였다. 젊은 대제보다 십여 년은 더 먹어 보인다. 잠시 침묵이 흐르고 음식이 나오는 사이 대제가 말을 시킨다.

"지금도 추운데 한 겨울에는 어떻게 지내세요?"

"한겨울에는 비참하지요. 죽지 못해 살아갑니다. 올바른 정신이 있으면 노숙인이 못 되는 거지요."

하면서 누런 이를 내밀며 쓴 웃음을 지어 보인다. 노숙자가 보기엔 앞에 있는 사람은 자기보다 나이도 어린 것 같았고 생김새도 말끔하게 생겼다. 그런 사람을 보니 한참 잘나가던 시절이 떠올랐다.

노숙자가 말한다.

"나이도 젊은데 이런 덴 뭐 하러 나옵니까?"

대제는 솔직히 대답했다.

"회사에서 회식을 끝내고 서울역을 지나가는데… 새벽이었을 거예요. 많은 분들이 옷은 꽤재재하게 입고 술에 취해있으면서도 계속 술을 마시는 거예요. 다른 분들은 신문지를 덮고 구석에서 잠을 자기도 하고… 참 안됐다 생각했습니다. 그후로 가끔씩 나와서 따뜻한 국물을 사드리고 있어요."

노숙인은 참 별사람 다 있다 생각한다.

그것도 잠시 며칠 굶는 뱃속이 아려왔다. 그리고 진짜 술이 고팠다.

나이 지긋하고 뚱뚱한 아주머니가 주문한 음식을 내왔다. 대제는 얼른 소주병을 들어 뚜껑을 따고 한 잔을 따라줬다. 소주잔을 받은 노숙인은 참지 못하고 바로 홀짝 입으로 처넣는다.

오랜만에 넣은 소주는 뱃속에서 전기적 회로가 만들어져 핏줄을 통해 온몸으로 퍼져나간다. 찌릿한 순간에 뇌는 마비가 되어버렸고 마음속의 서러움으로 물든 울분도 녹아내리는 것 같았다.

"이젠 집에 들어가셔야죠!"

대제가 다시 말을 시킨다.

"우리 같은 사람들이 집이 어디 있나."

"집이 있어도 안 들어가요?"

"노숙이 훨씬 편합니다. 일하기도 싫고 아무것도 하기 싫습니다. 귀찮다고요."

"이런 생활을 얼마나 하셨습니까?"

가만히 생각에 잠기던 노숙인의 두 눈에 눈물이 고인다.

"사업이 부도나고 수중에 돈 한 푼도 없으니까 그렇게 아끼던 마누라도 도망을 가데. 그래도 같이 살은 정이 있으니까 다시 한 번 열심히 살자고 찾아 나섰지. 3년 동안 수소문해서 결국은 찾았지. 그 여자 어디에 있었는지 아세요?"

노숙인은 긴 한숨을 쉰다. 그리고 담배 한 모금을 빨고 나서는 말을 이어간다.

"참내 기가 막혀서… 그년이 살고 있는 곳은 인천 사창가입디다. 씀씀이가 너무 헤펐어요. 내가 버는 족족 다 써버렸던 거예요. 돈을 모아놓은 줄 알았는데, 그 여자 신용카드 청구서가 열다섯 군데서 오더군요. 집에서 도망 나와 굴러다니다가 거기까지 흘러 들어간 거예요. 흐~ㅁ."

콧구멍으로 한숨을 내쉰다.

"그 이후로 세상이 싫어지고 모든 의욕이 없어지더라고요. 사람도 믿지 않습니다. 이놈의 팔자는 왜 이렇게 드센지. 지금은 모든 게 다 싫어요. 술 한 잔 먹고 취해서 아무 곳에서 처자빠지는 게 낙이라면 낙이죠."

대제는 이야기를 다 듣고 나서 한숨을 쉰다. 그리고 술과 안주를 먹는다.

"그래도 힘을 내서야지요. 이런 생활 오래 하면 병이 든다고 합니다."

대제는 걱정스러운 눈빛으로 노숙인을 바라본다. 그리고 술 두 병과 모둠안주를 더 시켜 날이 샐 때까지 마셔된다. 밤이 새도록 술을 마시면서 같이 울기도 하고 웃기도 하며 노숙인은 처음 본 대제가 마음에 들었다. 어머니 품처럼 포근했다.

세월이 갈수록 대제는 무상함을 뼈저리게 느낀다. 허무주의에 물들어 세상이 싫어졌다. 사람들의 이기심에 분노를 느끼기도 했다. 자신의 잘못은 화투 패 감추듯 남이 볼까 잘도 감추지만 남이 하는 조그만 잘못은 용납하지 못하고 쉽게 널리 퍼뜨린다. 강한 자에겐 아이처럼 약하게 굴고 약한 자에겐 표독스러운 맹수의 이기적 가면을 쓴 사람들이 불쌍하고 가엽게 보였다.

그런 사람들의 이질감과 배신감의 현실이 마음 착한 대제에겐 큰 괴로움으로 다가왔다. 자연히 찾게 되는 것은 술과 친구였다. 술을 한번 마시면 끝가지 가는 지나친 과음을 하기도 하였다. 술과 친구를 인생의 전부라고 생각을 하기도 하였다. 성숙하지 못한 감성은 나락 속으로 내몰기도 하였다.

술도 밤 문화의 환락을 버리고 아침이 찾아오면 실망과 후회가 엄습해왔다. 친구들도 이십대 젊은이들의 철이 들지 않는 고삐 풀린 망아지처럼 자유를 망각하고 있었다. 삶의 의미마저 잊어버렸다.

실망과 후회를 낳은 마음의 연속성은 결국 '나는 누구일까?' 라는 광대한 질문을 낳게 됐다.

'나는 누구일까?'

'왜 괴로운 고통을 받게 되는 것일까?'

'나는 왜 이 자리에 서있는 것일까?'

'삶속에 고통이 있는 것인가, 고통 속에 삶이 있는 것인가?'

도무지 잘 풀리지 않는 의문을 달고 산지 몇 해가 흘렀다. 살아도 산 것 같지 않은 고민 속에서 어느 날 친한 친구와 함께 팔공산 산행을 하며 영천의 은해사를 찾는다.

친구 이근우는 착했지만 독특한 사람이었다. 자신만의 세계가 있는 친구였다. 산속의 맑고 서늘한 바람이 불어 드물게 피어난 약초의 향을 가지고 있었다.

스트레스가 쌓이는 도심. 경쟁에서 꼭 이겨야하는 삭막한 인간. 시멘트의 차가운 사이드 조명의 중독성을 벗어버리고 신묘하게 생긴 소나무 군락지에서 풍기는 소나무향을 들이마신다.

꿈속 허우적거리며 시들어가던 영혼을 세차게 두드린다. 자연에서 곧게 일어나 힘을 얻으라고.

'좋다.'

'그래 정말 좋다.'

대제와 근우는 산과 소나무 숲에서 찌들은 인간사를 버리고 새로 태어나 미지의 드넓은 세상을 내다보는 것 같은 환희를 느꼈다.

은해사 경내를 돌아보고 있는 중 후미진 곳에서 한 노스님과 마주친다. 노스님은 단아하였지만 중후하였고 노인이지만 허리가 꼿꼿하여 강단이 있어 보였다. 승복은 색이 바라고 여기저기 기어 입은 누더기를 걸치고 있었다.

노스님은 차 한 잔 마시라고 환하게 웃으시며 우리들을 붙잡았다. 스님과 처음으로 가진 마주침의 설렘. 그 설렘 속에 오는 호기심과 두려움. 무엇에 이끌리듯 옮겨지는 우리들의 발걸음.

노스님 방은 대중과 떨어져 있는 자그마한 집 한 채에 있었다. 아궁이에 군불을 넣었는지 방안은 나무 연기의 따뜻한 기운이 감돌았다. 셋은 마주앉았다.

노스님이 작설차를 우려내 한 잔씩 돌린다. 처음 마셔본 작설차는 구수하면서도 시래기 삶은 물을 마시는 것처럼 풋내가 입안을 감돌았다. 노스님이 우려낸 차를 마시면서 손님들에게 얘기를 꺼내는 눈초리가 우주를 삼키듯 광활하고 매섭다.

"젊은이들은 절에 어떻게 오셨소?"

"예. 팔공산 산행을 하다가 들렀습니다."

"스님을 이렇게 가까이서 뵌 것은 처음이에요."

"차도 처음 얻어 마십니다."

대제와 근우는 스님을 우연찮게 만나고 차를 얻어 마신 것이 참으로 기분이 좋았다. 언뜻 책에서 스님에게 차를 얻어 마시는 것은 불자의 대우를 받는 것이라 보았다.

"스님. 저희들에게 좋은 말씀 해주시지요."

대제는 별 생각 없이 형식적인 질문을 했다.

노스님은 대제의 마음을 꽤뚫듯 가볍게 웃어 보인다.

"쾌락을 멀리하시오."

대제는 거짓말하다 들킨 사람처럼 속으로 깜짝 놀랐다. 그동안 쾌락에 빠져 산 자신을 아는 것일까.

"쾌락은 어떤 것을 말하는 거지요?"

근우가 노스님에게 묻는다.

"수단과 방법을 가리지 않고 즐거움에 물드는 일이지요. 쾌락에 빠지면 중독이 되는 것이라오. 중독은 주인은 떠나가고 쾌락의 노예만 남아 버리는 것입니다."

두 젊은이의 귀와 눈은 노스님의 말씀을 진지하게 듣고 있다.

다시 근우가 묻는다.

"그러면 쾌락은 좋은 것이 아니네요!"

"탐욕과 쾌락은 설탕처럼 달콤해서 유혹에 쉽게 넘어갑니다. 유혹에 넘어가 쾌락에 빠지게 되면 쾌락이 제일이라는 착각을 하게 되지요. 결국 쾌락에 중독되면 고통과 고난을 만드는 것이고, 선을 버리고 악을 만나는 것입니다."

묵묵히 듣고 있는 대제가 묻는다.

"스님. 그러면 고통은 어디서 오는 것입니까?"

"고통은 마음을 다스리고 절제하지 못하는 곳에서 나오지요. 그래서 마음을 깨달아 다스릴 줄 알면 고통과 고난은 더 이상 나를 괴롭히는 것이 아니라, 세상을 먹이고 살릴 수 있는 엄청난 에너지로 다가옵니다."

대제와 근우는 자상하게 설명해주시는 노스님의 열정에 기쁨을 느낀다.

대제가 이해했다는 듯이 말을 이었다.

"결국 마음을 깨달으라는 것이지요. 스님."

"하 하 하."

노스님은 마음을 틀긴 사람처럼 겸연쩍게 큰소리로 웃는다.

"그렇지요. 마음을 깨달아 시간과 공간으로부터 자유를 얻어내는 것이지요."

대제와 근우는 무슨 말인지 몰라 어리둥절 서로의 얼굴을 번갈아 본다.

마음 그리고 시공간.

영특한 근우가 노스님에게 묻는다.

"마음과 시공간은 불교와 같은 것입니까?"

노스님은 젊은이의 물음이 기특해 환하게 미소를 짓는다.

"불교를 한마디로 말하긴 어렵겠지만… 마음이 시공간을 통해 마음속의 묘유를 깨달아 얻는 것을 말한다우."

두 청년은 어두운 터널 속에 앉아있는 것처럼 멍하니 방바닥을 쳐다본다. 노스님과 함께 앉아 차를 마시고 이야기를 하는 것이 참 편했다. 한없는 부드러움 속에 편안함을 느끼는 허공처럼 따뜻한 기운이 감싸 돌았다.

갑자기 노스님은 대제에게 대뜸 놀랄 말을 천역 덕스럽게 내민다.

"자네는 출가해 스님이 될 사람이네."

"예. 제가 스님이 된다고요?"

점잖은 노스님의 엉뚱한 말씀에 대제는 놀란다.

"두고 보게 꼭 그렇게 될 걸세."

두 사람은 마지막 남은 차 한 잔씩을 마시고 인사를 드리고 방밖으로 나온다. 노스님이 마루에서 배웅을 한다.

대제는 자신이 출가할 거라 예언한 노스님의 이름이 궁금했다.

"스님. 법명이라고 하나요? 어떻게 되시지요!"

노스님은 마루 위에서 크게 웃으시며 알려준다.

"난 군야일세."

"꼭 나하고 다시 만날 걸세."

노스님이 군야라는 말을 듣는 순간 무언가에 크게 맞은 듯 내면에서 경련이 일어났다. 쿵하면서 얼굴에 식은땀이 맺힌다.

어디서 들어본 듯 왠지 낯설지 않는 이름이라 생각했다. 그의 형언할 수 없는 눈빛 속에서 숙명을 어서 받아들이라는 주문이 들어있는 것 같았다.

3부

미안합니다

출가

초승달이 뜬 새벽 대제는 가방을 짊어지고 몰래 집을 빠져나온다. 짙은 어두움과 가로등은 찬 새벽 기온을 몰고 와 길거리는 적막하다 못해 날카롭기까지 했다.

간혹 멀리서 개 짖는 소리가 짙게 고요한 새벽을 갈기갈기 찢어놓는 것 같았다. 새벽 공기를 가르며 힘차게 걸어가는 젊은이의 얼굴엔 비장함이 감돌았다. 은해사 노스님을 우연히 만난 지 1년이 넘었다.

집으로 돌아온 대제는 출가의 문제를 놓고 심각하게 고민을 했다. 혼자 가슴에 묻어둔 문제는 좀처럼 풀리지 않았다. 내가 출가해 스님이 될 수 있을까? 출가해 불도를 이루어 만 중생을 제도하는 것이 처자식을 낳고 사는 것보다 더 나을 것 같은 생각이 들기도 하였다.

노스님의 말씀처럼 자신은 출가자의 길을 가야할 운명을 타고난 사람인가. 그러나 부모님이 크게 마음에 걸렸다.

서울에 있는 잘 다니던 회사에 사표를 내야 했다. 부모님에게 출가의 말씀드려야 하는데 차마 입이 떨어지지 않았다. 장남이라 부모님을 모시고 살아야 한다는 것이 가슴깊이 자리잡은 것 같았다.

부모와 자식이란 관계는 혈연으로 맺어진 관계라 쉽게 맺고 끊어지지 않는다. 출가해서 스님이 되는 것도 어렵지만 부모님을 등지고 새로운 세상으로 걸어 들어가는 것도 결정 내리기 어려운 것이 실정이다.

시간이 흘렀다. 회사는 큰 어려움 없이 사표를 냈다. 다음은 부모님에게 말씀을 드려야 한다. 술의 기운을 빌리려 해도 막상 부모님 앞에 서면 말이 나오지 않았다. 자주 술을 마셔서 도리어 걱정만 안겨주었다. 지독한 외로움이 젊은이의 숨을 조여 놓는다.

'가야 하나? 말아야 하나? 생사의 고통이 이 보다 더 괴로울까! 부모님은 나를 낳고 길러주지 않았는가?'

얼굴을 쳐들어 하늘을 물끄러미 쳐다보니 눈물이 주르르 흘러내린다. 지금 스님이 되면 부모님과는 두 번 다시 만나지 못할 것 같았다.

결국 부모님 몰래 떠나야 한다는 결론을 내렸다. 스님이 돼서 불도를 이루면 돌아온다는 편지를 써놓고 부모님이 깊이 잠든 사이 발자국 소리에 깨실라 조용히 집을 나선다.

한참을 걸었다. 이젠 어둠의 장막이 거칠 기세였다. 새벽 샛별이 아직 잠에 들지 않고 쪼로롱 기다리고 있었다. 작디작은 초승달은 평화로운 시대를 열어보겠다고 큰 뜻을 세운 젊은 나그네에게 온몸을 불태워 앞길을 밝혀준다.

이제 29살의 청년은 세속을 뒤로 한 채 대자유와 평화 그리고 교화를 위해소나무 우거진 기암절벽 속으로 인내의 근엄한 열매와 고난의 편안한 열매를 만들기 위해 출가를 한다.

은해사는 팔공산 10교구 본산이다. 일타 큰스님을 어른스님으로 모시고 사찰 운영은 큰스님의 제자들이 도맡아 하고 있다. 수행도 열심히 하는 절이요 중생교화에 큰 뜻을 둔 도량이다. 요 근래 본산 수행도량의 면모를 되찾기 위해 스님들을 불러 모으고 있는 중이었다.

군야 노스님도 이때 은해사로 찾아든 객스님이었다. 대제와 근우가 팔공산으로 찾아든 6개월 전 일이었다.

은해사 일주문에 그윽한 석양이 비추는 시간에 어디서 온 지 모르는 노스님이 밀짚모자를 쓰고 바랑을 짊어지며 나타났다. 그의 몸과 걸음걸이는 꼿꼿 하여 흔들림이 없고 물이 흘러가듯 자연스러우면서 중후하였다. 마치 학처럼 청수하고 우아하게 걸어 맑은 품성이 품겨져 나왔다.

대중의 허락으로 뒤쪽에 방을 얻어 지내며 대제가 오기만을 기다리고 있었던 것이다. 전생의 제자인 해월을 위해 노스님으로 잠시 변화한 것이었다.

긴 시간의 출가여행 끝에 대제는 마침내 은해사에 도착했다. 1년 전 보다 달라진 것은 없어보였다. 사무실을 통해 노스님을 찾았다. 나이 어린 처녀보살이 노스님 처소를 알려준다.

"계세요?"

잠시 후 방문이 열리고 노스님이 문을 연다.

"누구십니까?"

"예. 기억하실지 모르겠지만 1년 전에 스님 방에서 차를 마시던 사람입니다."

노스님이 얼굴을 바라보며 기억을 떠올린다.

"맞아요. 기억이 납니다. 그땐 두 명인 것 같았는데… 그래. 어떻게 나를 찾아오셨나?"

대제는 기다렸다는 듯이 대답을 한다.

"스님 말씀대로 출가를 하려고 왔습니다."

노스님은 크게 한 번 웃는다.

"출가해서 스님 되는 일이 어찌 쉬운 일인가! 무던히 참아 인내해야 하고 행하기 어려운 일을 해야 되네. 굳은 마음이 없으면 중간에 돌아가니… 밥만 축내고 편하게 살라고 하는 생각으로 왔다면 그만 집으로 돌아가시오."

군야 노스님은 냉정하게 자른다.

"굳게 결심을 하고 왔습니다. 출가를 허락해 주십시오."

노스님은 다시 한 번 크게 웃는다.

"그래 한 번 해보시소."

사무실에서 출가절차를 밟고 삼일 뒤 삭발을 하고 행자 옷을 입었다. 대제는 스님의 초심단계인 행자가 되었다. 근 삼십년 동안 기른 머리이다. 삭발할 때 많은 사람들이 슬픔에 잠긴다고 한다. 눈물을 흘린다. 그러나 이 대제는 슬픔보다는 시원한 느낌이 들었다.

삭발을 마치고 행자 옷을 입을 땐 하늘에선 천둥번개가 치고 비가 세차게 내리더니 앞산에 무지개가 떠 차라리 상서롭기까지 했다.

"출가자는 거지다. 금생에 안 태어난 셈 치고 중노릇 잘해야 합니다."

삭발을 마치고 원주스님이 해주신 말씀이 귓전에서 울려 퍼진다.

세속의 물을 벗고 스님의 물을 들이기는 쉽지 않다. 짧은 시간 내에 몇 십 년 길들어진 나쁜 습관을 뜯어 고치기 위해선 행자 때부터 혹독하게 가르친다.

잠자리 성충들은 괴물이 많다. 괴물 같은 성충들도 깨끗한 물을 의지해 살고 허공으로 나와 탈피를 하면 아름다운 모습이 만들어진다. 괴물 같은 과거의 그들이 아름답게 너울져 하늘을 비상하며 가을의 낭만을 안겨다 준다.

수행자는 욕망을 버리는 작업을 한다. 스스로 자신을 다스리는 수행을 한다. 마음의 때를 씻어버리고 뜻을 맑고 밝게 고요히 만들어 자신의 마음을 조복 받는다. 이렇게 잘 길들인 수행자가 스님중에서 제일이며 빛이 나는 스님이다.

이 행자도 절집안의 습관을 들여야만 했다. 그중에서 가장 어려운 것은 새벽에 일어나고 식사를 준비하는 일이다. 3시의 새벽예불을 준비하기 위해선 2시 30분에 일어나기 때문이다.

시계를 맞춰놓고 잠을 자도 무의식중에 알람을 끄고 다시자니 환장할 노릇이었다. 식사를 준비하는 것도 어설펐다. 한번은 국을 끓이다가 바짝 쪼려 태워버린 것이다. 바로 법당에 들어가 참회로 1,080배를 한 적도 있다.

새로운 세상을 체험하는 행자생활은 힘들었지만 마음만은 상쾌하고 즐거웠다. 한 달이 지나니 행자들이 한 명씩 들어와 은해사의 행자님은 3명이 되었다. 대제인 이 행자, 정 행자, 신 행자가 그들이다.

행자들은 엄격한 규율로 생활하지만 아직까지 세속사람이라 다툼이 사라지지 않는다. 또 개성이 강해 개인의 뜻을 굽히길 꺼려했다.

정 행자와 신 행자는 나이가 비슷한데 정 행자가 보름 먼저 들어와서 상행자(上行者)이고 신 행자는 하행자(下行者)가 되는 것이다. 행자들은 하심(下心, 나를 낮추고 남을 받드는 마음)을 해야 한다.

하루는 행자실에서 신 행자가 정 행자에게 불만을 표출한다.

"정 행자님. 겨우 보름 먼저 들어와서 명령을 합니까?"

"하루 먼저 들어와도 상행자는 상행자입니다."

정 행자는 늘 신 행자가 못마땅하다.

신 행자가 따지듯 대든다.

"아니 상행자인 이 행자님에게도 대들면서, 나한텐 왜 매사에 하인 다루듯 하십니까?"

"행자수칙 모르나. 상행자에게 절대복종이오."

"이 행자님에게나 잘하시오."

"그만들 해요. 스님한테 혼납니다."

행자반장인 이 행자의 목소리가 날카롭다.

둘은 서로 큰소리가 오간다. 때마침 법당보살이 행자실을 지나가다가 싸우는 것을 듣고 원주스님에게 일러바친다. 스님에게 혼이 난 행자들은 3천배의 벌을 받는다.

이 행자는 노스님 처소에 가서 인사도 드리고 궁금한 것을 물어보고 싶었다. 그러나 행자는 스님들과 말을 해서는 안 된다. 한편으론 인권을 무시하는 것처럼 보이겠지만 행자기간을 혹독하게 보내야 장차 스님노릇을 잘한다.

'작은 나'라는 소아(小我)를 버리는 훈련을 통해 거대한 우주의 대아(大我)를 만들어내기 위해서 행자 개인의 사정은 감안하지 않는다.

4개월이 지나니 절집생활이 어느 정도 익숙해졌다. 지게를 지고 흥얼흥얼 염불을 하기도 하고 오늘 외운 경전을 되풀이해서 외우며 다닌다. 법당 처마에 매달려 바람에 흔들리는 풍경소리가 어느덧 초가을을 알려준다.

이 행자가 은해사로 들어온 지 1년이 지난 오늘은 해인사에서 사미계수계식이 있는 날이다. 21일의 집중교육을 무사히 마치고 행자들이 법당으로 들어가는 중이었다. 법당에 들어간 행자님들은 엄숙하게 무릎을 꿇고 있었다.

전계대화상이 법문을 내리고 계목을 외우고 나서 행자들에게 되묻는다.

"능히 지키겠는가."

"능지!"

십계(十戒)의 대목을 차례로 외운다.

행자들은

"능지!"

"능히 지키겠습니다."

라고 큰 소리로 대답을 한다. 대제는 계첩을 받고 그렇게도 고대하고 바랐던 스님이 되었다. 해월스님의 두 눈엔 눈물이 고여 넘쳤다.

두 달 전 군야 노스님은 이 행자를 방으로 불렀다.

"행자생활은 할 만한가?"

"예. 열심히 하고 있습니다."

"스님이 되려면 법명이 있어야지."

이 행자는 법명이라는 말에 귀가 번쩍였다. 은사스님이 되어야 제자에게 법명을 내린다는 말을 들었기 때문이다.

"부처님의 법을 망망대해에 비유를 하지. 그 대해에 둥근달이 떠 있는 것은 부처님 같은 청정하고 밝은 성품을 발현하여 만 중생에게 부처님의 달빛을 비추어 제도하라는 뜻일세."

"그래서 바다 해(海), 달 월(月) 해월이라 지었네."

그리고 해월의 뜻을 종이에 적어 주었다.

이 행자는 군야 스님이 법명을 내려준 것을 받고 그 자리에서 삼배를 올려 제자의 예를 갖췄다. 군야 노스님은 이제 이 행자의 은사스님이 된 것이다.

계를 받고 스님이 된 세 명의 스님들은 저마다 각자의 길을 걷겠다고 아침부터 분주하다. 도공스님은 강원에 경전 공부하러 간다고 짐을 챙겨 떠난다. 또 성중스님은 선방에서 참선 공부를 한다고 큰북만한 바랑을 짊어지고 길을 떠났다.

해월은 오랜만에 한가하고 편안한 시간을 보낸다. 십년 묵은 체증이 뻥 뚫리는 것처럼 시원했다. 행자 때와 스님생활은 확실히 달랐다. 스님생활은 자율적으로 이어졌다. 행자 때는 관리 감독하는 목소리가 많았는데, 지금은 자신이 맡은 일에만 열중하면 되었다.

당분간 은해사에 머물면서 자신의 미래를 설계하고 싶었다. 진로를 선택해 그 분야에서 최고의 스님이 되고 싶었다. 산책을 하고 방에 누워 행자 때 배운 원효스님의 발심수행장 한 단락을 되새겼다.

"한순간에 백년이거늘 어찌하여 배우지 아니하며

일생이 얼마기에 수행하지 않고 방일하나."

'스님. 수행은 어떻게 하는 것입니까?'

해월은 게으름만 피우는 자신이 미웠다. 아직 어린 수행자일 뿐이었다. 얼른 일어나 은사스님을 찾아가 궁금한 점을 묻는다.

군야스님은 해월에게 답을 알려주는 것 보다 스스로 문제를 풀어야 한다고 생각했다.

두 주먹을 쥐어 해월에게 보여줬다.

"스님. 무슨 뜻인지 모르겠습니다. 자세히 알려주십시오."

군야스님은 이번엔 한 주먹만 쥐어 해월의 얼굴에 가까이 들이댄다.

"모르겠습니다. 스님."

스님이 이번엔 주먹을 쥔 손으로 해월의 머리를 후려갈긴다.

"이래도 모르겠느냐?"

"스님. 자비의 가르침을 주십시오."

"수행은 본인이 직접 해야 한다. 그래야 답을 볼 수 있는 것이지."

"스님. 어떤 수행을 해야 합니까?"

"양치기 소년이 늑대가 나타났다는 거짓말을 반복적으로 했지. 그런데 실제 상황에 부딪었을 때 도움을 요청했지만 아무에게도 도움을 받지 못했어. 중생들도 마찬가지지. 양치기 소년처럼 거짓말을 밥 먹듯이 하고 약속을 쉽게 저버리기 때문에 성인들은 이젠 중생들의 말을 믿지 않아. 그래서 기도를 해도 소원을 들어주지 않는 거야. 기도뿐이야! 맑은 바람과 밝은 빛이 뒤엉키는 근본 성품을 더욱 더럽히고 있는 거야."

"그러면 우리들은 어떻게 해야 합니까? 스님."

해월이 목마른 소처럼 시원한 물을 바라고 있었다.

"항상 진실한 말을 해서 마음을 강하고 청정하게 만들어야 하네. 그래야 성인들이 다시 중생들의 말에 귀를 기울일 걸세. 마음이 청정해지면 번뇌 망상도 사라지고, 근본성품이 드러나 깨달음을 얻는 거야. 안으로는 번쩍거리는 지혜가 일어나고, 밖으로는 조건 없는 자비가 넘실거려 악을 삼켜버린다네."

"스님. 진실한 말이란 무엇입니까?"

"음~"

군야스님이 잠시 뜸을 들인다.

"진실한 말이란 염불일세. 해월수좌는 염불공부를 지어가시게. 자성을 찾는 염불 말일세. 그러면 순풍을 만난 돛단배처럼 평화의 땅에 도착해 환희 찬 수많은 이익을 얻을 걸세."

"염불공부는 어떻게 해야 합니까?"

"어느 곳에 처해 있던지 염불이 생각생각 서로 이어져 나가게 만들면 되는 것이야."

"스님. 저는 어떤 부처님을 염불해야 합니까?"

"해월수좌의 성품이나 자질로 봐서는 관음염불이 제격이지."

"관세음보살은 보살 아닙니까?"

"관세음보살은 옛적에 부처가 된 고불(古佛)이시지. 중생을 사랑하고 측은히 여기는 마음이 깊어 부처의 이름을 버리고 보살로 계시는 걸세."

해월은 관세음보살의 자비심을 듣고 감탄을 한다.

"관세음보살은 성인 중에 대성인이 아닙니까?"

군야스님은 얼굴에 만발한 미소를 머금은 채 말을 이어간다.

"이제야 아셨는가. 해월수좌가 염불을 해나가면 알겠지만 관세음보살과의 지중한 인연을 알 걸세."

해월은 마음에 담아 놓은 궁금증을 꺼내어 물어본다.

"스님. 책에서 봤는데요. 큰스님들은 모두 간화선을 해서 도를 깨친 것 같습니다."

"간화선도 훌륭한 수행이지. 수행은 그 시대흐름의 관심과 흥망성쇠를 같이 한다네. 염불이 대중의 호응을 얻어 널리 퍼진 시대가 있었고, 간화선의 독특한 수행방법이 시대의 흐름을 타고 꽃을 피웠지. 간화선의 큰스님들도 전생이나 금생에 부처님의 가피를 위해 기도를 드렸지. 염불은 옛날과 오늘 그리고 미래에도 변치 않는 뛰어난 수행일세."

"예. 잘 알겠습니다, 스님."

시간이 지나가니 안 보이던 것이 보이기 시작했다. 수행만 한다고 생각하던 스님들의 생활이 때론 타락으로 빠지는 모습들도 눈에 뜨이는 것이었다.

용의 비상을 꿈꾸는 자들이 사는 절이 아닌, 때론 이무기의 한이 서린 모습을 보기도 하였다.

불교계에 지식이나 사정을 전혀 모르고 신심 하나만으로 출가한 해월은 크게 실망감을 느꼈다. 스님이라면 수행과 인내로서 새로운 자신을 만들어 내는 도인학교인 줄 알았는데 절집 뒤편엔 아직 드러내기 싫어 방치해둔 전염병 같은 상처가 곪고 있었다.

더 이상 은해사에 머물기가 싫어졌다. 수행을 저버리고 그들과 함께 지내다가는 해월도 수행과 거리가 먼 중으로 살아가는 신세로 전락할 것만 같았다.

"스님. 전문기도도량에서 기도를 하고 싶습니다."

군야스님은 해월을 물끄러미 바라본다.

"그래. 수행은 젊어서 열심히 해야 되는 거야. 요새 해월 수좌가 좀 느슨해진 것 같아 걱정이야. 어느 절에 가려고 그러는가?"

"예. 당분간 이 절, 저 절 다니면서 견문도 넓히고 남쪽으로 내려갈까 합니다."

"남쪽 어디?"

"보리암이 기도하기엔 좋다고 들었습니다."

"보리암 좋지. 관세음보살이 상주하는 도량이지. 보리암에서 열심히 기도해보시게. 처음 출가해서는 신심을 끌어올리는 기도가 제일일세."

"예. 스님 말씀 명심하겠습니다."

은사스님은 제자의 행각수행을 흔쾌히 허락해주었다.

"자네가 떠나면 나도 은해사를 떠날 거야."

해월은 은사스님의 말씀에 깜짝 놀란다.

"아니 어디로 가시려고 하세요. 스님?"

"제자가 기도하러 떠나니 스승도 정진하러 가야지 않나. 걱정 말아. 나중에 보리암에서 만날 걸세."

표정이 일그러진 해월에게 은사스님은 따뜻한 말 한마디를 전한다. 군야스님은 참 자비로운 스님이었다. 말씀하나에도 남을 배려하는 부드러움이 배어 있었고 옆에 있기만 해도 따스하고 편안한 마음이 다가와 웃음꽃이 저절로 피워났다.

"자네는 잘해낼 걸세."

해월은 곡성 태안사를 참배하고 동리산을 타고 지리산을 향한 산행을 하고 있다. 오랜만에 바깥세상을 구경하고 있는 중이다. 바랑을 걸러 메고 이 절 저 절로 떠돌며 밥을 빌고 잠을 청하는 객승이 돼버렸다.

허름한 차림으로 남의 절에 들어가면 박대를 받기 일쑤이고 차비가 없어 먼 길을 걷다보니 발바닥에 물집이 잡혀 걷기가 고통스러워 앉아 서럽게 울기도 하였다.

어느 절에서는 신심 있게 생활하는 젊은 스님이 대견스러운지 풍성한 대접과 객비를 두툼하게 받아 나오기도 하였다.

몸은 잘 씻지 못해 땟국물이 흘러 더러웠고 수염이 올라와 얼굴을 덮어 버렸다. 옷도 여러 군데가 헤어진 누더기여서 더러운 것은 마찬가지였다.

가엽고 힘든 객중생활이었다. 길가에 앉아 한참을 멍하니 하늘을 바라보니

어머니의 환영이 나타나 손짓을 한다.

'이젠 돌아와라.'

아버지도 근심어린 얼굴을 보이시며 손짓을 한다.

'대제야. 어서오너라.'

'아니야.'

머리를 세차게 흔들며 자리를 박차고 일어나 목적지 없는 길을 떠난다.

동리산은 키 작은 대나무인 조릿대가 많았다. 빽빽하게 무리지어 자라난 작은 대나무가 산중 서늘한 바람에 길들여진다. 세차게 불어 닥친 잎과 줄기들이 산신의 힘을 받아 고독한 객중에게 응원의 박수를 보내준다.

길게 뻗은 조릿대 샛길을 걸어가며 대화를 나눈다. 산행에 지친 나그네가 자신의 영혼에게 말을 건넨다.

'해월스님 무섭습니까?'

'무섭진 않지만 조금씩 지쳐갑니다.'

'지금 어디로 가고 있는 거지?'

'나도 잘 몰라. 길이 나있는 대로 걸어 내려가고 있잖아.'

'이 길로 쭉 내려가면 절이 나올 거야.'

'절에서 하룻밤 묶고 갈려고?'

'별 수 있니 스님이 절에서 자야지.'

'떠돌이 생활이 지겹지 않니? 이젠 한군데 정착하며 살아라.'

'너도 내 사정 잘 알잖니.'

'알았어. 이번엔 어디 한군데 정착해서 열심히 수행하려고 그래.'

자신과 대화를 하고 얼굴을 들어 시퍼런 창공을 바라보니 창공이 내 마음 안에 들어있는 것 같았다. 과거와 현재, 미래도 마음 안의 그림자놀이인 것 같았다. 광활한 우주도 본래 있는 것이 아니라 마음속에 그려진 애니메이션의 익살스러운 그림 같았다.

지리산 화엄사에 도착했다. 천여 년의 고풍스러운 화엄사가 나그네를 반긴다.

'오늘은 여기서 하룻밤 신세를 지어야 되겠네.'

해월은 땀내 나는 옷을 벗어버리고 몸을 씻고 싶어졌다. 다행히 사찰에 샤워 실이 있었다. 객실에 짐을 풀고 제일 먼저 샤워실을 찾았다. 실오라기 하나 걸치지 않는 몸매의 곡선이 힘차다.

따뜻한 물을 끼얹는 순간 한 중년여인이 들어와 벌거벗은 젊은 스님을 보고 기겁을 하고 놀라며 뛰쳐나간다.

잠시 후 스님 두 명과 처사 한명이 몽둥이를 들고 들어와 다짜고짜 두들겨 팬다. 깜짝 놀라 두어 대 맞고 구석 쪽으로 도망간다.

"아니. 왜 이러는 겁니까?"

"이 변태 같은 놈!"

열을 받은 스님이 씩씩거리며 다시 몽둥이를 치켜든다.

"잠깐만요. 내가 왜 변태입니까? 몸 좀 씻으러 왔는데요. 객스님이라고 홀대하는 겁니까?"

"왜 여자 목욕탕에서 씻나 말이야. 변태가 아니고 뭐냐. 이놈아!"

해월은 순간 뭐가 잘못됐다고 생각했다.

"여기가 여자 목욕탕입니까?

"그럼 여자 목욕탕이지 어디냐."

"죄송합니다. 오늘 처음 와서 잘 몰랐습니다. 남자 샤워실인 줄 알고 들어왔습니다."

발가벗은 채로 사과의 합장 인사를 올렸다.

'아뿔사!'

찝찝한 몸을 얼른 씻을라고 급하게 서둘러서 잘 살피지 못하고 들어온 해월의 잘못이었다. 험악하게 일그러진 표정들이 조금은 누그러졌다.

"중아. 잘 보고 들어와 볼일을 봐야지. 당신 때문에 얼마나 시끄러웠는지 알아."

나이가 지긋한 스님이 쏘아붙이듯 나무라고 있다.

"잘못했습니다."

다시 합장인사를 올렸다.

객실로 돌아와서 보니 맞은 곳이 벌겋게 부어올라 욱신거렸다. 창피하기도 했고 다른 사람을 볼 면목도 없어서 당장 짐을 싸고 싶었으나 저녁이 다된 시간이다. 다른 곳으로 떠날 수도 없었고 수중에 가진 돈도 없었다. 쫓겨나지 않는 것만도 다행이었다.

해월은 씁쓸하게 방바닥에 앉아 혼자 내뱉는다.

'이것이 객승의 비애이구나!'

다음날 아침 원주스님에게 출방 인사를 드렸다.

'어제는 본의 아니게 죄송했습니다.'

공손히 합장인사를 드려 미안함을 드러냈다. 원주스님도 더 이상 뭐라고는 하지 않고 젊은 객승이 불쌍했는지 여비를 두둑이 주셨다.

수행은 철저한 자신과의 싸움이다. 욕망을 버리는 희생이 따라주지 않는 수행은 얼음에 갇힌 동태와 다름없다. 홀로 외로운 싸움과 대화에서 이겨내 철벽을 부수고 뛰쳐나올 때 온천지의 대광명이 제대로 빛이 나고 천지의 비밀스러운 광명의 에너지가 살아나 한 곳으로 모여든다.

거대하고 신비스러운 모하스함대의 출발은 시작되는 것이다. 수정처럼 맑은 함대의 본체에 광명의 불길이 핏줄처럼 이어진 동력의 힘을 얻어 만인을 싣고 이상적 행복과 평화스러운 땅으로 여행을 떠나는 것이다.

풍운의 보리암

해월은 남해 금산 보리암에 다다랐다. 힘들고 초라한 객승의 여정이 만만치 않았던 여행이었지만 관음성지 보리암에서 기도해보겠다는 간절한 생각으로 서럽고 불미스러운 일들도 참아 이겨냈던 것이다.

훗날 해월은 보리암의 기도를 이렇게 회상한다.

"사람들은 살아가면서 변화나 성장을 위한 강력한 사건과 사람을 만나게 된다. 보리암은 나에게 친절하면서도 뼈저리게 큰 변화와 성장의 기초를 안겨준 안식의 수행도량이다."

산 위에 있는 주차장에서 보리암까지는 1km정도를 걸어야 한다. 보리암에 다다를 수록 산에 감춰진 남해의 바다가 조금씩 펼쳐진다. 날씨는 맑아 순백의 햇빛이 참배객을 위한 퍼포먼스의 향연을 벌인다.

순백의 햇빛을 선사받은 바다는 몸치장을 한다. 시퍼런 죄인의 마음을 버리고 비취의 고급스러운 쪽빛을 꿈꾸어 드러낸다. 바다에 의지해 떠있는 배도 멀리 도망간 섬도 이젠 쪽빛 내음에 취해버렸다.

암자에서 멀지 않는 평석위에 서서 바라본 보리암과 절절한 비취의 쪽빛바다의 뻥 트인 풍경은 가쁜 숨을 멈추어 버리도록 황홀했다. 복받쳐 오르는 울음을 참아내야 했다.

도량도 수행자에게 맞는 도량이 있다. 인연 있는 터가 있는 것이다. 인연 있는 도량은 마음이 쉬어 편안하다. 그리고 열심히 수행하고픈 강렬한 마음을 이끌어내는 것이다.

해월에게는 보리암이 수행 1번지가 된 것이다. 관세음보살이 상주한다는 관음성지인 보리암이 고향처럼 낯설지 않고 편안했다.

보리암은 끊임없이 극락의 전령사들이 기도객의 원력과 소원을 실어 나르는 곳이다. 그들은 기암괴석 안에 집을 짓고 관음보살에 대한 존경심과 열렬한 사랑을 보내는 신심 있는 이들을 위해 우주에 레이저빔을 쏘아준다.

'됐다. 여기야.'

사무실에 들어가 입방의 절차를 밟았다. 나이가 어린 사무실 보살이 미소를 지으며 인적사항이 적힌 종이를 내밀었다.

잠시 후 바다가 바라보이는 장기기도자의 방을 배정 받았다. 방을 청소하고 묵혀두었던 옷도 빨았다. 몸을 정갈히 씻어 기도자의 기본을 익혔다.

기도는 끊임없이 문을 두드리는 반복의 연습이다. 성스러운 문이 열릴 때까지 닫혀있는 내 마음의 문을 세차게 두드려 인천(人天)이 감동할 때 철벽은 허물어지고 나는 우주로 나온다. 우주 밖으로 나온 나와 성스러운 문이 열려 나온 최고의 광명체와 하나가 되는 것이다.

해월은 열심히 기도에 임했다. 기도시간에 맞춰 법당에 들어가 대중과 함께 목젖이 빠지라고 관세음보살을 불러댔다. 얼마나 세차게 불러댔는지 목이 부어 말이 나오지 않았다.

출가해서 처음 시작한 수행은 힘이 들었다. 온몸의 힘을 뽑아낸 간절한 기도는 숨쉬기조차 힘들어졌다.

법당에 들어가기 전 잠시 쉬어가는 마루위에서 조용히 불어오는 비단결 같은 바람이 힘이 빠진 수행자를 부드럽게 감싸 안아준다. 부드러운 바람에 감사하며 숨어있는 나머지 힘을 찾아내어 법당으로 들어가 삼배를 한다.

'대자대비하신이시여, 만 중생을 구제할 능력을 주소서.'

이젠 거칠고 독단적인 체내의 세포를 길들이는 전투에 들어간다. 전투력이 약한 초심수행자는 치열한 전투에 익숙치 않아 역부족이었다. 악마의 군대에 밀려 깃발을 빼앗기기 일쑤였다.

다시 전열을 가다듬은 수행자는 필사의 힘으로 전진하여 악마를 쳐부수고 안식처를 다시 회복하여 승리의 깃발을 꽂는다.

뒤집히고 뒤집히는 격전의 전투를 백일이나 벌이니 관세음보살의 명호가 뚜렷해져 악마에게 이기는 승리의 확률이 높아졌고 집을 지었던 번뇌 망상도 점차 사그라지기 시작했다.

해월이 기도를 하자 보리암에 스님이 한두 명씩 나타나기 시작한다. 홀로 지내던 방에 남자스님 세 명이 한방을 쓰게 되었다.

현각스님은 경전을 공부하는 강원을 다니다 휴학을 하고 보리암에 기도를 하러온 해월과 비슷한 또래의 스님이다. 불법에 대한 확고한 신심을 갖고 싶어 했다.

대광스님은 선방에서 수행만 해온 수좌이다. 건강도 별로 좋지 않아 이번엔 백일기도를 올려서 건강을 되찾고 깨달음을 얻고 싶다고 하였다.

오후 기도시간을 마치면 조촐한 차상을 펴놓고 차를 마시며 이야기를 나눈다.

작설차를 한잔 마시던 대광스님이 이야기를 붙인다.

"기도는 근기가 약한 사람들이 한다고 하더니 참선보다 더 힘이 드는 것 같네요."

"선방에 다니던 스님이 기도하러 와서는 기도날짜를 채우지 못하고 중간에 떠나기도 해요."

해월도 기도하러 와서는 힘이 들고 환경이 맞지 않는다고 몰래 떠나는 스님을 떠올리며 맞장구를 친다.

가만히 듣고 있던 괄괄한 성격의 현각스님도 말을 꺼낸다.

"말세엔 기도가 제일이라고 합니다. 참선도 훌륭한 수행이예요. 그렇지만 수행도 자신한테 맞는 수행을 선택해야 되지 않을까요."

인상이 좋은 선방수좌 대광스님이 한마디 거든다.

"요즘은 참선수행만 최고로 알잖아요. 간화선이 최고의 수행방법은 맞아요. 그러나 내면의 실력이 완전히 갖추어야 깨달음이 찾아오는 것 같아요. 내공이 부족하면 깨닫기가 힘든 것 같습니다. 그래서 내면의 힘과 실력을 갖추기 위해서 나는 기도를 하고 있습니다."

난감한 표정을 짓는 현각스님이 말한다.

"강원에선 경전 보는 일이 제일이라 하고, 선방에선 참선하는 것이 제일이다 고 합니다. 기도도량에 오니까 기도가 제일이라고 듣습니다."

스님노릇을 좀 더 오래한 대광스님이 젊은 스님들에게 중요한 법문을 해준다.

"마음 중심을 잡아야지 평생 수행할 것을 골라야 합니다."

가만히 듣고 있던 해월스님이 말한다.

"어떤 수행을 해야 나에게 좋은 수행이 될까요?"

"대부분 출가해서 처음 찾는 수행이 전생부터 이어온 공부라고 하더라고요."

"아니면 조금 더 관심이 가는 수행이 있을 것 아니요."

"예."

해월스님이 현각스님의 말에 공감을 갖는다.

대광스님은 왜 이곳에 왔는지 다시 한 번 생각하면서 이야기를 한다.

"지금 평생 공부할 방법을 찾기 위해 관세음보살님께 기도드리는 것이 아닙니까!"

"기도는 어떻게 하는 것이지요?"

대광스님이 해월스님의 물음에 대답을 해준다.

"자나 깨나 오직 관세음보살만 불러야 한데요. 책의 지식도 알지도 보지도 말고 자나 깨나 미친 듯이 불러야 합니다. 그래서 마음 안에서 똑똑한 관세음보살이 울려 퍼질 때 기도가 된다고 합니다."

"말씀대로 하고 있는데, 잘 안됩니다."

"나도 업장이 두터워 기도가 잘 안됩니다."

현각스님은 푸념하듯 내뱉는다.

대광스님은 하하하 웃으며 말한다.

"뜻대로 생각대로 잘 되면 그게 수행이겠소. 모진 추위를 겪지 않으면 향기로운 매화꽃이 피지 않는다고 하지 않소. 몸과 마음을 아끼지 않고 수행할 때 오묘한 불법의 이치를 알지 않을까요."

현각스님은 머리를 흔들며 되묻는다.

"여섯 명의 수좌가 큰스님 밑에서 3년 동안 용맹정진을 했는데도 아직 힘을 얻지 못했다고 합니다. 다른 무엇인가 있지 않을까요?"

모두 입을 다물고 작설차를 음미하고 있었다. 문득 해월이 알았다는 듯 자신의 생각을 말한다.

"수행자의 마음가짐. 믿음이 모자랐던 것 아닐까요?"

"그럴 수도 있겠군요."

두 스님이 고개를 끄덕였다.

해월은 오랜 전생에서부터 염불공부를 해오던 사람처럼 누가 가르쳐주지 않아도 염불공부의 핵심을 알고 있는 듯하였다.

사람들과의 불필요한 말을 하지 않았고 눈은 땅을 쳐다보며 염불을 뚜렷이 보려 하였다. 마음과 생각을 뒤흔드는 바깥세계의 경계에 빠지지 않으려고 애썼다.

이런 바른 마음을 가지고 관음염불을 강하고 간절하게 밀어붙여 한 덩어리로 만들어가니 수행의 진취가 있었고 마음엔 행복한 평화의 전주곡이 울려 퍼졌던 것이다.

평화의 전주곡이 울려 퍼지던 어느 날 밤. 잠을 자다 우연히 이른 새벽에 눈을 떠 뜻밖의 경계를 만나게 된다. 무심코 바라본 그곳에 커다랗고 둥그런 보름달이 해월을 비추고 있는 것이 아닌가!

번뇌 망상도 사라진 백지장 같은 마음에 투영된 고고히 빛나는 보름달은 연신 해월을 비추고 있었다. 무엇 하나 세우지 않았던 마음 땅에 원래 갖추어졌던 신비한 비밀의 문이 잠깐 열려 무한한 보배창고를 보았던 것이었다.

이런 일이 있은 후 얼굴엔 맑은 표정을 드러내기 일쑤였다. 대중들도 해월스님을 좋아했다. 신발 안에 꽃을 넣어 관심을 보이는 여자 스님들도 있었다.

세상이 달라보였다. 두꺼운 돋보기를 벗어버리니 이전엔 못 보던 기운도 보였다. 앞날을 보는 예언과 천기(天氣)였다.

참 좋은 시절이 해월에게 찾아왔다. 그러나 좋은 시절이긴 하지만 공부가 완성되지 않아 기쁨과 슬픔의 경계가 분명하였다.

이 시절엔 자신의 공부를 드러내지 않고 마음 땅을 점점 굳건히 다져야 한다. 함부로 예언을 하거나 아는 체를 하다가는 기도를 망칠 수도 있는 것이다.

이런 시절이 찾아올 때야 말로 스승의 역할이 중요하다. 스승이 길잡이 역할을 해주는 것이다. 수행의 성취는 미로의 길에서 바른 길잡이 역할이 무엇보다 중요한 것이다.

오후기도를 마치자 객실에 노스님 한 분이 오셨다. 자세히 살펴보니 은사스님이신 군야 큰스님이었다. 노크를 하고 객실로 들어간다. 해월은 너무 반가워서 뿌듯한 마음을 감출 수 없었다.

"스님. 오셨어요. 문안 인사드리겠습니다."

제자는 스승에게 깍듯하게 삼배의 예를 올린다.

"해월 수좌. 기도하느라고 수고가 많다."

군야스님도 웃으며 오랜만에 만난 제자를 반겼다.

"스님. 어디에 계셨습니까?"

"응. 산천 구경하러 다녔지."

"이젠 어디로 가시게요?"

"나도 여기에 머물면서 기도하려고 하네."

"스님. 그 연세에 기도하시게요. 대단하십니다."

제자의 말에 활짝 웃으신다.

"수행에 나이가 어리고 늙음이 있겠는가. 법당 벽화에 관세음보살이 염주를 돌리고 있는 그림이 있지."

해월은 잠시 생각에 잠긴다.

"예, 있습니다."

해월도 관세음보살님과 같은 성스러운 분이 왜 염주를 들고 계시는지 궁금해 하고 있었다.

"불도를 이루신 관세음보살님이 왜 염주를 돌리고 있겠느냐?"

"잘 모르겠습니다. 스님. 알려주십시오."

"자성관음을 보는 수행을 하시는 거네. 중생만 보시를 실천하는 것이 아니라 불보살님들도 보시를 하지. 중생을 위한, 중생을 향한, 중생에 대한 보시를 하시는 걸세. 그러니까. 중생이 있기에 부처가 있고 부처가 있기에 중생이 있는 것이라네. 부처와 중생과 마음은 하나이지. 자성관음은 관세음보살이 마음 안의 관음을 발현시켜 고난과 고통을 호소하는 중생을 위한 공적(空寂)보시 일세. 자성을 보는 수행이 참된 수행이야. 자성관음, 자성미타, 자성불이 다 같은 뜻이지. 그러니 기도를 통해 자성을 정확히 내다보아야 하네."

"스님, 자성이 무엇입니까?"

"해월 수좌!"

"예. 스님!"

"그것이 자성일세.'"

해월은 잘 모르는지 혀를 살짝 내민다.

군야스님은 보리암에 머물고 싶었지만 노스님이라 대중과 함께 기도하기 힘들다는 주지스님의 배려에 암자에서 조금 떨어진 부소대에서 머물게 되었다.

은사스님의 지도에 따라 해월은 기도가 순조롭게 진행되었다. 스님의 말씀대로 기도를 통해 자성을 보는 최고의 수행도 함께 하였다.

가을이 다가올 쯤 해월은 또 한 번 좋은 경계를 맞이한다.

시간이 날 때마다 암자 근처에 있는 동굴을 찾아가 참선도 하고 경전도 읽었다. 어느 이른 아침 참선을 마치고 일어서는 찰나에 어디서 나타났는지 모르는 새 한 마리가 나타났다. 해월은 얼떨결에 탄성을 내질렀다.

"이~야!"

새의 몸집은 공작처럼 컸고 깃털은 짙은 검정색과 붉은색이 섞여져 있었다. 공작같이 잘 빠진 아름다운 깃털의 몸매에서 광명이 비추어지자 주위는 대낮처럼 환하게 밝아졌고 눈에는 매섭고 새까만 눈동자가 활활 타오르고 있었다.

둘은 서로를 빤히 쳐다보며 침묵의 시간을 즐겼다. 얼마의 시간이 지나자 불사조 같은 새는 허공을 향해 힘찬 날갯짓을 하며 비상을 한다. 금쪽같은 부리를 벌려 울부짖자 우레와 같은 소리에 천지가 들썩거린다.

이런 일이 있은 후 득음(得音)을 하였고 세상의 소리를 분간하여 들을 수 있는 능력이 생겼다.

환희에 찬 젊은 수행자는 빠른 걸음으로 스님을 찾아 이른 아침에 보았던 경계를 여쭈었다. 제자의 소식을 들은 스님도 매우 흡족하다는 표정을 짓는다.

"해월스님이 본 새는 관음조야."

"예. 관음조요?"

처음 들어보는 이름이었다.

"관음조는 관세음보살의 화신이지. 보통 사람에게 나타나는 새가 아니라 큰 원력을 가진 사람에게만 나타난다네."

"그러면 제가 관세음보살님을 뵌 건가요?"

"관음조는 관세음보살의 화신이지 진신은 아닐세. 화신은 신심따라 인연따라 나타나지. 관음진신을 친견해야 바로 뵌 것이지. 축하하네. 관음조를 본 것만 해도 대단한 일일세. 그런데. 관음조의 색깔이 어떤가?"

"예. 검정색도 있고 빨간색도 있었습니다."

"음. 검정과 빨강이 부족하군."

"스님. 무슨 말씀입니까?"

"수행은 본인이 하는 것이지. 공부하다 보면 알 수 있을 걸세. 관음조를 봤다고 자만하지 말고 처음 갖은 마음으로 꾸준히 수행을 해야 하네. 알겠는가?"

"예. 스님. 명심하겠습니다."

다시 일주일동안 밤을 새우며 열심히 기도했다. 졸음을 쫓기 위해 온 도량을 걸어 다니며 관세음보살을 불렀다. 자성관음을 보기 위해 빛을 돌이켜 나를 들여다보았다.

일주일이 되던 그날 밤 선몽을 받았다. 너무도 기쁘고 고마운 일이었다. 점심을 드시러 온 은사스님에게 선몽을 말씀 드렸다.

"스님. 꿈을 꾸었는데요. 비취색이 감도는 망망대해가 보였어요. 그 바다 위에 섬처럼 생긴 바위에 내가 걸터앉아 있었습니다. 그 위에서 내가 이런 말을 하는 겁니다.

'고난과 고통에 빠진 중생들을 구제하러 가야겠구나!'

근엄하게 말을 하고 있었죠. 그런 후에 바다 위를 날아다는데요. 내 몸이 빛으로 변하는 겁니다."

가만히 듣고 있던 군야스님은 일어나 갑자기 제자 해월에게 삼배를 올린다. 깜짝 놀란 해월이 절하는 스님을 만류한다.

"스님. 왜 이러세요? 이러시면 안됩니다."

"해월 수좌 기도하느라 고생이 많네."

"저를 위해 기도를 하는 건데요."

"해월스님은 이제 관세음보살의 길로 들어섰네. 관세음보살이 되어 만 중생을 제도하시게."

"스님. 마음속엔 아직 애욕이 끊어지지 않았습니다. 애욕이 나를 괴롭힐 땐 어떻게 해야 합니까.?"

"애욕은 수행자의 정기를 빨아먹고 살지. 애욕을 이기는 방법은 기도를 하게. 기도로써 애욕을 이기고, 수행의 힘으로 음욕을 끊어 버리게."

"예. 스님. 마음속에 새겨 넣겠습니다."

도고마성(道高魔盛)이라 수행이 깊어질 수록 악마의 방해가 심해지는 법이다. 마군의 국토가 무너지니 마군들이 훼방을 하는 것이다. 잘되어가던 수행도 미끄러져 뒤로 물러난다.

악마의 방해가 심해질 때 마음을 굳건히 하여 수행을 포기하지 않을 때 악마의 군대는 얼음 녹듯 자취 없이 사라진다. 하지만 마음에 담아 집착을 할 때 수행과 수행자를 못쓰게 망쳐놓는다.

해월도 선몽을 받고나서는 악마의 방해가 무척 심해졌다. 기도 시간에 맞춰 엉뚱한 일이 벌어져 법당에 들어오는 것을 막았다. 이런 일들을 그리 큰 문제는 아니었다.

같이 기도하는 스님의 시기와 질투를 받아 수행을 방해 놓기 일쑤였다. 자신보다 열심히 하는 것이 미웠나보다. 알게 모르게 교묘하게 해월을 괴롭혔다. 너무 괴로울 때는 보름달을 바라보며 서럽게 울기도 하였다.

점심을 먹고 있을 때 사무실 보살이 군야스님이 찾는다고 이야기를 해준다. 제자는 스승을 만나러 부소대를 향해 걷는다. 그동안의 서러운 하소연도 하고 싶었다.

부소대에는 바위 안쪽으로 작은 암자가 한 채가 들어앉아 있다. 암자 뒤에 거대하게 둘러친 바위의 모양이 특이한 기운을 뻗치게 만든다. 무속인들은 금산 산신이 여기에 살고 있다며 접신을 하러 온다.

"스님 계십니까? 해월입니다."

군야스님은 밖으로 나와 평상에 앉는다.

해월이 오기 전에 군야는 생각에 잠겼었다.

'나의 역할은 여기까지이다. 이제는 본인 스스로 수행의 채찍질을 검어 쥐어야 한다. 편안함만을 가지는 수행의 결과가 아니라 고통을 뼈저리게 감내하며 고독 속에서 포기하지 않는 수행이 큰 깨달음으로 찾아올 것이다.

해월은 크고 바른 원력을 만들어냈다. 그 원력을 더욱 굳건히 하기 위해, 원력을 포기하지 않기 위해 몇 번의 시련들이 찾아올 것이다. 나는 단지 길잡이일 뿐이지 않는가. 불규칙한 인생의 험난한 여정과 시련은 본인 스스로 이겨내야 한다. 그래야지 시련에서 맛보는 고통은 땡감에서 홍시로 변해 세상의 많은 이들에게 이익을 가져다 줄 것이다. 나는 이제 떠나련다.'

"스님 요즘. 같이 기도하는 스님들이 저에게 시기질투를 합니다. 기도도 못하게 방해를 하구요."

해월은 평상에 앉자마자 은사스님에게 넋두리를 한다.

"참고 또 참고 많이 참았는데 이젠 그들이 미워집니다. 그들 얼굴을 보기가 역겹습니다."

"해월스님! 업이 녹기 시작하니까 장애가 찾아오는 거야. 지금 벌어지는 일들은 스님의 업장이 녹는다는 것을 보여주는 거지. 장애를 극복하는 일은 긍정의 힘이야. 그들을 미워하거나 싫어하지 말게. 또 하나의 업을 만드는 걸세. 언젠간 자네가 받아야 하는 과보를 저들이 일찍 가져다주는 걸세. 긍정적으로 받아들이면 저들은 더 이상 악마가 아니라. 나의 스승이고 나를 도와주는 관세음보살이지."

스님은 보왕삼매론의 내용을 말씀해 주셨다.

"수행하는 데 마 없기를 바라지 말라.수행하는데 마가 없으면 서원이 굳건해지지 못하나니그래서 성인이 말씀하시되 모든 마군으로써 수행을 도와주는 벗을 삼으라 하셨느니라."

"여기서 이겨내지 못하면 법왕의 큰 보배를 잃어버리게 되니 부디 명심하시게, 해월스님."

"예. 스님!"

"난 지금 이 세상을 떠나려네."

군야스님은 평상 위에서 가부좌를 튼다.

해월은 황당해한다.

"스님. 무슨 말씀이십니까? 가시긴 어딜 가신다고 그러십니까. 배울 것도 많고 여쭐 것도 많은데. 스님. 자비심을 내셔서 이놈을 구제해 주십시오."

맑았던 하늘에 갑자기 먹구름이 몰려와 태양을 감싸버린다. 대낮이지만 먹구름이 태양을 가린 암자는 어두운 적막의 힘을 얻어 더욱 고풍스러운 자태를 뽐낸다.

해월은 바닥에 엎드려 눈물을 흘리며 군야스님의 열반을 막는다.

"스님. 지금 가지 마십시오. 저한테 많은 가르침을 주시고 스승과 제자가 함께 수행정진 하다가 이생 인연이 다하면 스님과 제가 관음보살님의 회상으로 들어가서 세세생생 광활한 우주를 유유히 다니면서 중생을 교화하면 안 되겠습니까? 스님."

군야스님은 제자가 기특했던지 만금의 미소를 지으며 지극한 눈길로 내려 본다.

"훌륭하다. 해월스님. 그러나 이젠 그대와 떠날 시간이다. 만나면 헤어지고 헤어지면 다시 만나는 이치를 모르느냐. 내가 비록 육체적으로 그대와 헤어지지만 그대와 나는 과거와 현재에 이르기까지 무수한 시간 속에서 함께 있었느니라. 미래에도 마찬가지… 그대와 난 떨어지지 않고 붙어 있지만 그대의 심안(心眼)이 완전히 열리지 않아 나를 못 보는 걸세. 그대의 깨달음은 이곳 보리암에서 얻지 못할 걸세. 여러 번 힘든 고비를 넘기고서야 바르고 큰 깨달음을 얻을 거야. 그러니 조급하게 생각하지 말고 큰일에 대비해 만반의 준비를 해야지. 때가 되면 세상에 나와 관음보살님의 가르침을 펼칠 걸세."

이젠 바람까지 불어온다. 바람은 이 세상에선 냄새를 맡아볼 수 없는 진한 꽃향기를 싣고와 군야스님의 열반 준비를 하고 있다. 산짐승들은 거취를 잊어버리고 앉아 슬프게 울부짖는다. 새들도 자유로운 비행을 멈추고 암자 주위에 몰려든다.

산중 나무들도 이 세상을 떠나는 군야스님에게 몸을 눕혀 삼배의 인사를 올린다.

떠날 시간을 안 군야스님은 해월에게 근엄하게 가르침을 전한다.

"내 이제 법을 그대에게 전하노니, 그대는 받음 없이 받으라."

해월은 무릎을 꿇고 앉아 법이 내려지기만을 기다린다.

"지혜는 아비요.
자비는 어미라.
아비와 어미는 두 몸이나 한마음이듯
지혜와 자비도 두 이름이지만 한마음일세.
지혜가 없는 이는 아비를 못 알아보고,
자비가 없는 이는 진정한 어미 아니니
법답게 만 중생 제도 못하리라."

법을 내리고 평상 위에 앉아있던 군야스님은 허공으로 가볍게 몸을 띄운다. 잠시 후 몸에서 불길이 뿜아져 나와 스님의 몸은 허공에서 화장을 한다. 거센 불길 속에 스님의 육신은 한줌의 재도 없이 그 어떤 자취도 남기지 않고 허공은 다시 허공 속으로 빨려 들어가는 것이다.

해월은 스님이 머물었던 방을 정리하고 유품을 들고 나왔다. 유품은 가사 한 벌과 대추나무 염주뿐이었다. 암자에 군야스님의 입적에 대해 얘기해 주었으나 믿지 않으려했다.

같은 바다이지만 아무도 관심을 갖지 않는 파도의 거품처럼, 흘러왔다. 흘러나가는 그저 객 노스님의 일상이라 생각하는 것 같았다.

해월도 더 이상 암자에 머물고 싶지 않았다. 이기적인 사람냄새가 싫었고 배신감이 그를 붙잡아놓지 못했다.

보리암에 들어올 때에는 나약한 스님이었으나 암자를 나갈 때에는 세상이 나의 손바닥 안에 들어있는 것 같았다.

보리암에서 나온 해월은 다시 정처 없이 돌아다녔다. 산골 빈 집에 머물기도 하고 빈 집이 없으면 큰 소나무 아래에서 나뭇잎을 모아 방석을 만들어 참선과 경전을 독송하다가 나무에 기대어 잠을 자기도 했다.

구름따라, 바람따라, 마음따라, 이 절 저 절로 다시 객스님 노릇을 하며 세상의 산천을 유유하다가 배가 고프면 저잣거리로 나와 탁발을 하며 지냈다.

형색은 아무것도 없는 비렁뱅이처럼 보였지만 마음은 세상의 보물을 주워 담은 우주처럼 높고 드넓었다.

마침내, 해월은 청송 주왕산의 주왕암에서 용맹기도를 통하여 관세음보살님에게 수기를 받아냈다. 관세음보살을 부르면 부를수록 신심이 샘솟았고 이제 죽어도 여한이 없다는 생각마저 들기도 하였다. 무엇이 이루어질 것 같은 착각 속에 배부른 포만감이 들기도 하였다.

이제 세상에 나서도 나를 이길 수 있는 자가 없다는 차가운 거만함이 애간장을 어루만져 준다.

수행자의 위기

해월의 발길은 저절로 고향땅으로 떨어졌다. 고향으로 가 애타게 기다리는 부모님에게 도를 깨달은 훌륭한 아들을 보여주기 위함이었다.

이젠 더 이상 고독 속에서 나약함을 분출하는 어린아이가 아니라 세상을 손아귀에 쥔 대장부의 훤칠한 모습을 보여주고 싶었다.

연천에 들어온 해월은 먼저 동만이가 죽은 개울가를 오랜만에 찾았다. 어렸을 때는 무섭고 동만이가 자꾸 생각나 가기 싫었던 곳이었다.

개울은 예전과는 많이 달랐다. 신나게 뛰어다니던 개울 둑에 큰 도로가 나있었다. 그전의 개구쟁이들의 놀이터는 자동차의 길이 되어버렸다. 개울정비 사업으로 시골풍경은 사라지고 깔끔하게 정돈된 도시풍이 그를 반겼다.

옛날 사고가 난 곳에 서 있다. 처절하고 긴박했던 상황은 긴 세월 속에 흘러 물안개가 되어 개울을 떠돈다.

"동만아~."

해월이 큰 목소리를 내어 부르는데도 별 반응을 보이지 않는 개울은 햇빛에 반사되어 반짝거리며 무심이 흘러갈 뿐이었다.

아스파트길이 되어버린 옛 둑방길을 걸어서 집에 도착했다.

"어머니 저 왔습니다."

대문을 열고 들어서자 어머니를 불렀다. 이내 방문이 열리고 수척한 어머니가 나오신다.

"아이고! 대제 아니냐. 아들, 어디 갔다 이제 오나?"

스님을 본 어머니 영숙은 스님이 되어버린 아들을 인정하지 않는 눈치였다. 방에 들어온 아들의 머리를 보며 말한다.

"어찌 네가 중이 되었냐! 이젠 그만 집에서 살 거라."

해월은 입이 떨어지지 않았다. 아버지는 아프신지 누워계셨다. 피골이 상접한 환자처럼 바짝 마르셨다. 아들을 본 아버지는 손을 꼭 쥐었다.

"왜 어렵고 힘든 길을 갈려고 그래. 고행을 하는구나."

아버지 물음에도 차마 대답을 할 수 없었다. 단지 회한의 눈물이 주르르 흘러내릴 뿐이다.

"아버지는 어디 아프신 거예요? 왜 누워 계세요?"

"혼자 밭일이며 집안일을 하시다 힘에 부치셨는지 며칠 전부터 알아 누우셨어."

해월은 아버지 손을 두 손으로 꼭 잡는다.

"아버지 괜찮으세요?"

"그래. 괜찮다."

지난 세월 방황을 하면서 아버지에게 저질렀던 실수가 떠올라 가슴이 저며 온다. 순식간에 번민에 휩싸인다. 번민에 빠진 그는 더 이상 수행자 해월이 아니라 작디작은 초라한 불효자로 돌아와 버린 것 같았다.

갑자기 숨이 막혀 목을 조여 온다. 세상이 내 손 안에 있다고 자부하지 않았던가. 지금까지 했던 마음공부는 현실세계에서 힘을 쓰지 못했다. 아버지의 병고에 그동안 공부했던 것은 아무 짝에 쓸모없는 물거품처럼 허무하였다. 슬픈 감정을 떨쳐버릴 수 없었다.

해월은 또다시 장애에 부닥쳤다. 장애에 떨어지면 수행과 그 수행으로 얻은 결과는 뒤로 물러나 실망하고 후회를 되새기기도 한다. 그러나 장애는 멀리 내다보면 조금씩 앞으로 나가는 촉진제 역할을 해주는 것이다.

큰 꿈을 실천할 때 장애가 끊임없이 찾아오고 때론 퇴전의 고통을 되씹을 수도 있다. 장애는 평화에서 찾아온다. 장애란 얼굴에는 평화가 항상 공존한다.

산을 오를 때 중간에 힘들다고 다시 돌아오면 산 정상에 오른 뒤 찾아오는 성취감과 행복한 평화는 찾아오지 않는다. 그러나 장애가 찾아올 때 포기하지 않고 긍정적인 마인드로 다시 실천할 때 바른 깨달음은 찾아오고 큰 꿈은 이루어지는 것이다.

'열심히 기도했는데 왜 나한텐 고통만 찾아오는 것일까? 차라리 부모님을 모시고 살자. 아니다. 나는 불도를 이루기 위해 출가하지 않았는가. 여기서 포기를 한다면 한평생 후회스러운 인생을 살아갈 것이다. 부모님께서도 내가 행복하고 성공한 인생을 살기를 원하실 거야. 내가 원하는 것은 많은 사람과 함께 수행하고 교화하는 일이다. 난 스님생활이 정말 좋다. 적성에 맞는 일이다. 다시 시작하자. 처음부터 다시 시작해보자.'

생각을 굳건히 한 해월은 이른 새벽 개울가로 향해 뛰어간다. 채 어둠이 가시지 않는 공기가 무겁게 느껴졌다. 머리를 밀고 승복을 입은 젊은 스님이 새벽공기를 가르며 힘차게 뛰어가 보름달을 향해 최면을 건다.

보름달을 보며 무릎을 강하게 굽혔다 피며 주먹을 불끈 쥐고 간절하게 힘을 끌어올려 외쳐댄다.

'난 할 수 있다~.'

'난 할 수 있다~.'

'난 해낼 수 있다~.'

처절한 절규에 가까운 발원에 산과 보름달 그리고 하늘은 잠시 잠에서 깨어나 앳된 스님을 바라본다. 무언의 에너지를 마음 깊이 심어준다.

'당신은 꼭 해낼 수 있을 것이라고…'

삼일을 속가에 머물고 해월은 수행을 위해 다시 길을 떠난다.

어머니는 다시 집을 떠나는 자식에 대해 걱정이 먼저 앞선다.

"다시 절로 갈려고? 왜 그 모양이니. 그만하고 우리와 같이 살자."

아버지는 고행을 향해 떠나는 자식이 안쓰러워 걱정하는 눈으로 해월에게 말을 건넨다.

"힘들면 집으로 와서 쉬었다 가렴."

"예. 아버지."

월악산 문수암에 도착한 해월은 법당으로 들어가 참배를 하고 주지스님을 만났다.

"스님. 기도하러 왔습니다."

근엄해 보이지만 천진스러운 목소리의 주지스님이다.

"기도하러 오셨어요? 여긴 모든 것이 열악합니다. 공양주보살도 없어서 직접 밥을 끓여 먹어야 합니다."

해월은 우연히 지도에서 월악산 문수암을 발견하고 관심을 가지고 있던 중, 새로운 출발을 여기서 하고 싶었다.

"예. 스님. 역대의 조사는 물론 선지식들은 모두 공양주를 자처하며 공부를 지어갔습니다. 어찌 마다하겠습니까. 한 번 해보고 싶습니다."

주지스님은 손해볼 일이 없으므로 다시 한 번 일러준다.

"가끔씩 밭일도 해야 됩니다."

"농사일은 수행자의 기본이죠."

주지스님은 흔쾌히 승낙을 해주었다. 다음날 아침부터 대중의 공양을 담당하면서 수행에 매진한다. 처음 시작하는 마음으로 열심히 생활하고 공부를 지어간다.

혼자 공양을 짓고 사중 일을 보며 수행하는 일은 힘들었다. 먹는 것도 부실했다. 그래도 기도와 참선을 게을리 하지 않았다. 때론 밤을 새우며 불법의 대의를 깨우치려고 안간힘을 쓰다 쓰러지기도 하였다.

시간이 흘러 마음도 다시 편안해지고 사중일이 익숙해질 쯤 심한 독감이 찾아왔다. 극심한 열 때문에 눈에 보이는 것이 없었다. 이를 악물었다. 죽기 아니면 살기다. 서러웠다. 인생이 서러웠고 부모님을 생각하니 더욱 서러움에 뜨거운 눈물이 폭포수가 되어 흘러내린다.

몸을 돌보지 않고 법당에서 기도하다 졸도까지 하고 만다. 홀연히 군야 노스님이 나타나셨다. 해월의 머리를 쓰다듬으시고 가슴에 손을 댄다.

'너무 무리를 하는구나! 쉬엄쉬엄 해라.'

'그렇게 할 수 없습니다.'

잠시 후 해와 달을 들고 나온 두 동자승이 팔을 들어 해월을 비춰준다. 비몽사몽간 생시처럼 또렷하였다. 해와 달 그리고 동자승은 하나로 합쳐지고 다시 불사조로 변하여 허공으로 날아간다.

그토록 심했던 독감도 이겨내어 날아갔고 몸은 날듯 새털처럼 가벼움을 느꼈다. 근심 걱정도 사라진 또렷한 정신이 이어져갔다.

텃밭일은 오후에는 더워 아침에 해야만 했다. 무심코 밭에 앉아 김을 매고 있었다. 문득 눈앞이 밝아지더니 다른 세계의 세상이 열렸다. 다른 세상의 주위환경과 그곳 사람들의 모습은 여기와 별반 다름이 없어보였다.

다른 세상 속에서도 김을 매는 스님과 눈을 마주쳤다. 그 스님의 눈동자도 놀라움을 감추지 못하고 있었다. 똑같이 김을 매면서 서로의 세상을 파악하려고 연신 눈동자를 돌리고 있었다.

우리와 다른 세계는 존재하고 있는가? 생명이 있는 별은 있는 것일까. 우리보다 차원이 높은 발달된 문명은 과연 있는가. 있다면 우리들은 왜 그들을 못 만나고 있는 것인가.

현재 지구의 인구는 60억 정도이다. 60억이나 되는 사람들의 성격과 습관은 고유하여 저마다 다르다. 또 지구 전체에 살아가는 생물의 종류은 약 1,400만 종으로 추정된다. 1,400만 종 안의 생물 수는 숫자로 헤아리기 어려울 정도이다.

우리가 사는 지구. 이 지구를 이끄는 은하 안의 별들도 천억 개가 넘는다고 한다. 천억 개의 별을 거느린 은하도 천억 개가 넘는다고 한다. 한 우주는 이러한 천억 개의 은하를 거느린 것이라고 한다. 이런 천억 개의 은하를 머금은 우주가 무수히 존재하고 지금도 아기 우주들을 탄생하고 있다고 한다. 이런 상황에서 지구에만 생물이 존재한다는 생각은 어리석은 생각에 불과할 뿐이다. 이는 지구에서 인간만이 살아간다고 말하는 것과 똑같다.

천문학과 물리학이 최고로 발전한 오늘날 고차원의 시간과 공간이 함께 공존한다는 것을 밝혀냈다. 사차원 이상의 고차원이 공간 속에 돌돌 말려있기 때문에 우리들은 알지 못하고, 느끼지 못하고, 보지 못할 뿐이다.

"하나의 먼지 속에 우주를 품고, 모든 먼지들 안에도 이와 같이 우주를 품고 있다"는 부처님의 진공묘유(眞空妙有)의 가르침처럼 여러 차원의 세계는 존재하지만 진공 속에 체계적인 법칙의 연속성이 적용되기 때문에 우리들은 잘 알 수 없는 것이다.

그러면 우리들은 그들을 왜 못 만나고, 정확하게 알지 못하고 있는 것일까?

그것은 때가 안 되었기 때문이다.

그들의 생명을, 고차원적인 세계를 받아들이는 때가 되지 않았을 뿐이다. 붓다의 깨달음을 직설로 듣고 무서움과 두려움을 느꼈던 청중들처럼….

나라는 작은 존재를 깨고 나오는 사람은 그들을 알 것이다. 나를 깨뜨려 눈을 뜬 사람은 고차원 세계를 볼 수 있다. 알을 깨고 나오면 새가 된다. 새가 되어야 높고 넓은 세상을 바라보듯이 우리들은 먼저 알을 깨고 나와야 한다.

그들은 우리들을 지켜보고 있다. 우리들의 마음을 통하여 훤히 내다보고 있는 것이다.

해월에게 고요하고 적막한 내면의 안락한 시간이 흘러간다. 꾸준히 내면을 담금질한 결과 고요한 평화의 세계가 찾아왔다. 서서히 알을 깨고 나올 만반의 준비를 마친 상태였다.

법당에 앉아 고요 속 평화를 노래하는 자신을 지켜본다. 어느 한 순간 뚝 하며 내면이 무너져 내려 한 소식을 전한다. 태어나 처음 맛본 깨달음의 즐거움이었다.

관세음보살을 끊임없이 칭명하며
돌이켜 나를 보니 내가 관음보살일세.
마음이 생기면 모든 법이 만들어지고
마음이 없어지면 모든 법이 없어짐을
허공 속에 묻어두니
일(日)토끼 월(月)토끼가 춤을 추네.

이제 해월은 굳세고 단단한 알을 깨고 나와 자유로운 새가 되었다. 그러나 아직 걷지 못하고, 말도 못하는 초자의 안타까운 현실은 있었다. 날개가 자라지 않아 멋지게 하늘을 날지 못하는 아기새에 불과할 뿐이었다.

해월은 문수암에서 일주일동안 번민이 없는 시원하고 따뜻한 법의 즐거움을 누리다 짐을 챙겨 세속으로 내려갔다.

부처님의 말씀인 경전을 공부하고 모든 성인의 자취를 되짚어 온전한 어른 새의 모습을 갖추어 크고 넓고 깊은 날갯짓을 펼쳐 자유로운 비상을 위해서, 호랑이를 잡으러, 호랑이굴로 들어가는 것이다.

4부

자각합니다

꿈꾸는 아기 새

깨달음은 무엇인가?

깨달음은 진실하고 솔직한 수행의 실천에서 나온 결과이다.

깨달음은 어떻게 하면 이룰 수 있는가?

깨달음은 이론이 아니다. 이론으로 깨달음을 연구하는 것은 자칫 진짜 달은 버리고 달을 가리키는 거짓 손가락을 바라보는 실수를 저지를 우려가 있다.

수행은 실전만으로도 깨달음을 이루기에는 부족함이 남아 있다. 왜냐하면 마음그릇 안에 담겨져 있는 보물을 꺼내는 작업이 깨달음이기 때문이다.

마음 안이 탐욕과 성냄과 어리석음의 더러운 것으로 가득 채워졌다면 오랜 세월이 걸려 수행을 해도 바른 깨달음은 찾아오지 않는다.

전생에서 금생에 이르기까지 무수한 시간 속에서 배우고 느끼고 사유하고 체험한 것들이 포기하지 않는 수행과 올바른 발심의 꾸밈없는 열정의 진정한 불을 붙일 때 깨달음은 찾아오는 것이다.

깨달음은 텅 빈 허공 속을 훤히 들여다보는 것이다. 그곳의 구성 요소와 재질 그리고 역사를 단번에 꿰뚫어 나가는 것이다.

이론을 배우고 실기가 따라주어야 바른 수행자의 길을 걷는 것이다. 여기서 더 나아가 오랜 수행으로 내공을 쌓고 이론과 실기를 내다버릴 수 있을 때 큰 깨달음은 찾아오는 것이다.

깨달음은 하나가 되는 것이다.
너와 나의 합일(合一)이 깨달음이다.
자연과 나의 합일이 깨달음이다.
우주와 나의 합일이 깨달음이다.
합일 속에서 개성이 살아나오는 것이 깨달음이다.

깨달음은 해결책이다.
모든 문제의 해결점이 깨달음에서 나온다.
깨달음은 인생의 고난과 고통에서 벗어나는 강력한 비법이다.
깨달음은 신비한 에너지의 창조프로젝트 지혜이다.
깨달음은 만 사람을 품어주는 성스러운 자비이다.
깨달음은 생사를 벗어나는 유일한 통로이다.
본래의 모습을 회복하는 길이다.

마음의 무한한 리필이다.

아침 일찍 도심의 시장 통을 걷고 있는 해월은 나지막이 신음소리가 들리는 곳으로 들어갔다. 조그만 방과 부엌이 달린 집에 뼈만 앙상하게 남은 할아버지가 누워서 신음소리를 내고 있었다.

방안에는 온갖 잡동사니가 널브러져 있었고 계란껍데기들이 소복이 싸여있었다. 오줌의 찌릿내와 똥냄새가 섞여 냄새가 역겨웠다.

"어디 아프세요?"

해월이 할아버지에게 묻는다.

"응, 배가 너무 고파."

"무엇을 잡수시고 싶어요?"

"음~ 고기."

해월은 시장으로 빠른 걸음으로 들어가 감자탕집에서 돼지 등뼈를 사다가 작은 밥상을 차려드렸다. 입이 홀쭉한 할아버지는 게걸스럽게 맛있게 잡수신다. 그리고 탄식하듯 말을 한다.

"우리 며느리가 시장에서 장사하는데, 날 여기다 놔두고 보살피지 않아. 계란 두어 판 갖다 놓고 가는데 배가 무척 고팠어. 고마우이. 스님."

측은한 마음이 들어 방청소를 말끔하게 해놓고 집을 떠난다.

해월은 부처님의 일대장교를 보기 위해 불교대학에 들어갔다. 오랫동안 산중에서 홀로 불도를 닦다가 세속으로 내려오니 적응하기도 쉽지는 않았다.

비슷한 또래의 스님들과 한 방에 뒹굴며 함께 사는 것은 재미있었지만 그들의 개성과 공부는 천차만별로 달랐다.

옛말에 "이 서 말은 몰고 갈 수 있지만, 중 세 명은 몰고 갈 수 없다"는 말이 있듯이 스님들의 개성은 독특하고 강했다.

부족한 교학을 배우려고 왔지만 성인들의 아름다운 이상과 자취들도 눈에 들어왔고 스님노릇도 잘 배워나갔다.

도서관에서 인상이 좋은 혜찬스님을 우연히 만났다. 자판기 커피를 한 잔씩 뽑아서 교내 벤치에 앉아 커피를 마신다.

"해월스님! 나는 책을 보고 경전을 보는 것이 참 좋습니다. 경전을 보고 있으면 시간 가는 줄 모르고 행복감을 느껴요."

혜찬스님이 커피를 마시며 해월에게 말을 건넨다.

"그러세요? 난 부처님의 일대장교를 보러왔죠. 깨달음의 길을 가기 위한 여정이죠! 난 염불을 통해 마음을 들여다보는 것이 참 좋습니다. 염불을 하면 출가를 잘했다는 생각이 듭니다."

해월이 자신의 견해를 밝혔다.

"예. 그러십니까? 나는 경전을 공부하는 것이 체질인가 봐요. 앞으로 강주나 교수의 꿈을 꾸고 있습니다."

"혜찬스님은 꼭 해내실 겁니다."

혜찬스님은 기쁜지 소리 내어 크게 웃는다.

"고맙습니다. 스님. 스님도 꼭 깨달음을 얻으실 겁니다."

"감사합니다. 스님."

"꼭 그렇게 돼야지요."

대중생활은 해월의 공부를 더욱 깊고 넓게 만들어주었다. 바로 대중이 스승이며 공부를 시켜주고 있었다. 이런 대중생활의 장점이 있는 반면, 개인의 희생이 뒤따를 때도 있었다.

곡차를 마시며 토론을 하다 새벽을 맞이하기도 했다. 그날도 곡차를 마시며 불교의 미래를 걱정하다 아침이 찾아왔다. 밤을 새운 것이다. 도심의 이른 아침도 조용하기는 마찬가지였다.

어기진 골목에서 소변을 보고 바지춤을 올리는 순간이었다. 해월을 바라보고 있던 젊은 여자가 창문을 열고 간지러지게 부른다.

"스~님. 어디 가시려고 그래요?"

"그건 왜 물으십니까?"

"술 마시려고 그러시죠? 잠깐 들어왔다 가세요."

마법에 걸린 사람처럼 나도 모르게 2층 계단을 올라가고 있었다. 건물 안은 넓고 깨끗하게 잘 정돈되어 깔끔하게 보였다. 무엇을 하는 곳인지 잘 모르겠으나 여러 개의 테이블이 놓여져 있었다.

테이블을 사이에 두고 마주앉은 여인은 지적이면서도 참 아름다웠다. 그녀가 웃는 모습은 거짓 없고 꾸밈없는 진실한 어떤 미소와 비교할 수 없는 백만 불짜리 미소였다.

"저는 수행하시는 스님이 좋습니다."

호기심에서 그녀의 눈을 살펴보았다. 봉황 눈과 용의 눈을 섞어 놓은 강렬한 카리스마에 도저히 깊이를 알 수 없는 새까만 점칠 안이 해월의 마음을 두근거리게 한다.

'세상에 드문 눈이다.'

눈은 아주 중요하다 눈에서 관상의 90%가 나온다. 눈은 마음창이다. 어떻게 살아왔고 무엇을 위해 인생의 길을 걷고 있는지 눈에 잘 나타나 있는 것이다. 선과 악을 나타내고 인생의 운명과 성패를 좌우하는 힘이 눈에 있다. 희로애락의 상황이 그대로 표출되는 부위이다.

'저런 눈은 무엇이든 이루어낼 수 있는 눈이다.'

다시 그녀의 마음을 들여다보았다. 그녀의 마음은 어설픈 스님의 눈으로는 들여다볼 수 없는 높고 깊은 철옹성으로 둘러쳐있었다.

'이 여자의 정체는 무엇일까?'

갑자기 컵을 잡은 손이 떨기 시작했다. 걷잡을 수 없이 떨어댄다. 큰 호흡으로 마음과 손을 진정시키려 애를 쓴다. 그녀는 다시 웃는다.

"스님 추우세요?"

떨리는 마음을 들켰다. 나의 마음을 속속들이 들여다보는 그녀가 무서웠다. 잠시 후 늘씬하게 잘빠진 훤칠한 키의 중년 여인과 합석을 하게 됐다.

'참 곱게 나이를 드셨구나! 정말 고우시다.'

그녀의 몸에서는 빛에 버무려진 복과 공덕이 넘쳐 흘러나왔다. 그녀의 눈도 바라보았다. 잠시나마 심장이 멈춰 섰다. 그녀의 눈은 이 세상에 없는 눈처럼 거룩하고 장엄스러웠다. 무섭도록 엄하고 신비스럽고 모든 것이 갈무리된 눈 아닌 눈.

'이 사람들은 누구일까? 왜 나를 여기에 부른 것일까?'

무섭고 두려운 와중에도 이 한 생각이 떠나지 않았다. 중년 여인이 말을 꺼낸다.

"스님. 이젠 방황하지 마세요."

그녀의 말이 비수가 되어 가슴에 꽂혔다. 나의 마음을 꿰뚫는 목소리였다.

"때론 방황이 좋은 약이 될 수 있지만 부처님 자식이 오랜 세월 동안 방황 속에서 헤어 나오지 못하면 쫓겨날 수도 있습니다."

해월은 당황하며 얼떨결에 대답을 한다.

"예!"

미소가 아름다운 여인이 거들어준다.

"우리 스님은 잘할 거예요. 그렇죠! 스님?"

중년 여인이 마지막으로 해월에게 예언을 해준다.

"스님은 10년 정도 공부를 하시면 큰일을 하실텐데. 공부도 때가 돌아와야, 인연이 닿아야 할 수 있습니다."

"예. 알겠습니다. 보살님들."

인사를 하고 밖으로 나왔다. 처음 본 스님에게 한 말치곤 심하단 생각이 들었다. 괘씸한 마음에 혼을 내주려 뒤를 돌아보았다.

그러나 해월이 들어갔다 나왔던 건물은 흔적도 없이 사라지고 허허벌판 속에서 멍해진 까까머리 스님만 남아있었다.

그들의 정체를 안 것은 다음날이었다. 불교미술시간에 고려불화를 공부하였는데 한 탱화 속에서 그녀들의 얼굴이 보였던 것이다. 그들은 다름 아닌 아미타부처님과 관세음보살이었다.

방황과 슬럼프 속에서 헤어나오지 못하는 젊은 스님에게 호된 질책과 재발심을 일으켜주기 위해 자못 여인의 몸으로 나투신 것이었다.

너무 깜짝 놀란 해월은 눈물을 훔치며 불보살님의 성스러운 자비심에 감화되어 나의 길이 학문 연구에 있지 않음을 깨달았다. 그리고 다시 마음수행의 길을 걸어야겠다고 깊게 다짐을 한다.

해월은 불교대학을 졸업하고 비구계를 받았다. 도반 스님들은 선방을 가고 또 어떤 도반스님은 대학원에 진학한다고 유난을 떤다. 비구계를 받아 마음이 편안해진 해월은 그동안 미뤄뒀던 계획을 실천에 옮기기로 했다.

그것은 열심히 수행하기 위한 도량을 마련하는 것이다. 비록 작은 풀집을 짓고 살더라도 대중과 시비를 하지 않고 열심히 수행을 하고 싶었다.

세속에 나와 보고 싶은 경전을 보았고 알고 싶은 지식도 쌓았다. 이제 모든 걸 내려놓는 사교입선(捨敎入禪)의 공부를 지어가고 싶었다. 일생일대의 대원력을 성취할 공부를 해야만 했다.

이 일이 수 없는 전생에서부터 내가 걸어왔고 걸어갈 길이라고 굳게 믿고 있었고 열반하신 은사스님과 불보살의 은혜를 조금이라도 갚는 길이라 생각되었다.

비록 처절한 외로움의 고독 속에 몸부림치는 현실을 받아들여야 하는 아기 새에 불과하지만 큰 꿈과 굳은 의지로 헤쳐나갈 준비가 이젠 만들어진 것이다.

해월은 자신에게 알맞은 도량을 만나기 위해 전국을 돌아다녔다. 진정한 수행자라면 도량을 따지지 않지만 그전에 어떤 절에서 기도를 하였을 때 몸과 마음이 서로 어긋나고 안정이 되지 않았다.

왜 그런 것인가 곰곰이 생각해보니 그 도량은 여자의 성기와 닮아있었다. 도량을 잡는 일은 수행자에겐 중요한 일이다.

도량은 어머니의 품과 같은 것이다. 좋은 도량은 어머니의 품처럼 수행자를 악의 기운으로부터 지켜주고 좋은 기운을 불어넣어 세상의 뛰어난 인재를 만들어내는 것이다.

제주도와 울릉도를 다녔고 경상도 충청도 지방을 뒤졌지만 눈에 들어오는 도량은 없었다. 다시 서울과 경기도를 오가며 수행할 곳을 찾았으나 모두 허사였다.

우연한 기회에 양구에 가게 되었다. 강원도 양구는 처음 찾아가는 지역이다. 터미널에 내려 목적지도 정해놓지 않고 정처 없이 걸어갔다. 양구는 첩첩산중 그 차체였다. 아주 오랜 옛날에는 절들이 많이 들어섰을 것 같은 생각이 드는 지역이었다.

산을 바라보며 길을 의지하여 한참을 걸었다. 굽이굽이 꼬불꼬불한 길을 돌아 큰 고개가 나타났다. 숨을 몰아쉬며 고개정상에 도착했다. 바로 그때 눈앞에 장엄하고 멋진 큰 산이 펼쳐져 있었다.

해월은 산이 눈에 들어오는 순간 자신도 모르게 눈물이 주르르

흘러내렸다. '그래 여기다. 이곳에 수행의 도량을 만들어보자. 나의 뼈를 이곳에 묻어버리자.'

이곳은 달이 밝은 동네이다. 양구의 오지. 오랜 세월 세상의 발전과 단절되어 자연환경이 원시적으로 남아있는 지역이었다. 한 계곡 안으로 걸어 들어가자 눈에 확 들어오는 도량이 있었다.

빼어난 좌청룡 우백호가 주인을 못 만나 잠이 들어있었다. 현무와 주작도 기운이 빠져 누워있었다. 힘차게 흘러내리는 계곡만이 은둔 속에 숨어있는 명당이라는 것을 알려주고 있었다.

마을 이장을 찾아 인사를 하고 사정얘기를 했다.

"그곳은 사람이 살지 않아 오염되지 않는 곳입니다. 절이 들어서기엔 좋은 곳이죠."

"그곳에 땅을 조금 살 수 있을까요?"

"글쎄요. 한 번 알아보죠."

그 계곡의 땅주인을 설득해 어렵사리 자그마한 땅을 사게 됐다. 조그만 도량에서 처음 한 일은 죽어있는 기운을 활기차게 돌려놓는 일이었다. 인체도 마찬가지이지만 도량에도 물과 불이 돌아야 활기찬 생명력을 유지해 제 기능을 다하는 것이다.

해월은 명상 속에서 산신과 토지신에게 여기에 들어와 살겠다는 인사를 하고 죽어있는 불의 기운을 돌려달라고 부탁을 한다.

해월을 어여삐 여긴 산신과 토지신이 오랜 세월 묶여있는 때를 씻어내고 자신들의 생명의 불기운을 불어넣기 시작한다.

불기운이 들어와 잠자던 도량을 정비하니 제일 먼저 잘생긴 청용이 기지개를 켜며 눈을 부라린다. 다음엔 백호가 늘어져있던 몸을 일으켜 세워 하품을 하며 세상을 향해 달릴 준비를 한다.

현무는 계곡물의 기운을 끌어올려 천둥번개를 만들어 영웅의 탄생을 기대하고 있었다. 주작은 날갯짓을 하며 따뜻하게 살아나는 좋은 기운을 불어넣어준다.

바위 위에 가만히 앉아 마음을 비우고 명상을 하는 해월은 은사인 군야스님의 말씀이 떠올랐다.

"세상에는 세 종류의 말이 있다네.

첫 번째는 채찍이 보이기만 해도 달리는 말.

두 번째는 채찍을 맞아야만 달리는 말.

세 번째는 채찍을 골수에 사무치도록 맞아야 달리는 말일세.

이중에서 해월수좌는 어떤 말이 제일 낫다고 생각되는가?"

"예. 스님. 제 소견으로는 첫 번째 말이 제일 뛰어난 말 같습니다."

"누구나 첫 번째 말이 제일 뛰어나다고 생각하겠지. 그런데 한 번 생각해 보자고. 첫 번째 말은 뛰어난 기량을 갖춘 말이지만 노력이 없는 말이구, 두 번째 말은 남들처럼 평범한 말이라네. 노력도 남들 하는 만큼 그럭저럭 다른 말과 별반 다름없는 말이지. 그런데 세 번째 말은 채찍을 골수에 사무치도록 맞아야 달리는데, 타고난 기량은 뒤떨어져도 노력에 노력을 더해 아픔을 감내하고 자신의 단점을 곱씹으며 업장을 녹여 내려 힘차게 내달리는 말이지.

첫 번째 말은 준마(駿馬)요.

두 번째는 범마(凡馬)요.

세 번째는 성마(聖馬)일세.

고통이 골수에 사무치더라도 포기하지 않고, 끊임없는 노력으로 수행에 수행을 더하면 마침내는 완성의 경지에 이른다네."

해월은 또다시 다짐을 한다. 굳은 다짐과 재발심은 수행자의 선택사항이 아니라 필수사항이기 때문이다.

'내 힘들고 어려운 일이 닥쳐도 이곳을 떠나지 않으리라. 고통이 골수에 사무치더라도 포기하지 않고 수행하여 끝내 완성을 이끌어 내리라.'

그리고 수행방법을 생각해낸다.

'수행이란 마음을 한 곳으로 통일시키는 것이다. 이것 했다, 저것 했다, 자주 바꾸다보면 마음의 통일은 찾아오지 않을 것이다. 지금까지 해왔던 수행을 하자.'

'관세음보살 일심칭명. 복을 바라는 염불이 아닌, 자성관음을 깨닫고 발현시켜 세상에 지혜와 자비의 물결을 만들어주자. 관세음보살을 화두로 사용하여, 관세음보살에 대한 생각이 서로 이어져 끊어지지 않도록 하여, 관세음보살과 과거 현재 미래의 모든 붓다를 뵙자.'

'붓다의 진신을 보는 거와 나의 청정한 자성을 보는 것이 무엇이 다르겠는가. 이것이 바로 문수설반야경에 나오는 일행삼매가 아니겠는가. 저 유명한 4조 도신대사의 입도안심요방편 법문이 아닌가.

그래. 좌선을 하자.'

생각이 여기까지 이른 해월은 지인들의 도움을 받아 작은 황토집을 만들었다. 그리고 그렇게 입고 싶었던 승복을 벗어던져 버렸다.

파벌싸움에 타락한 승가와 권위적인 스님들에게 더 이상 희망이 없다고 느껴졌다. 자유롭게 살고 싶었고, 스님이란 상을 버리고 거추장한 이름을 잊고 그냥 수행자로 살고 싶었다.

수행의 성공여부는 얼마나 비우느냐에 따라 달라진다. 크게 버리면 크게 얻고 작게 버리면 작게 얻게 되는 것이다. 위대한 성인들은 크게 버렸기에 역사의 주인공이 되었던 것이다.

기도에서 선(禪)으로

수행자에게는 먹는 음식이 중요하다. 육식을 멀리하고 채식을 가까이하여 많이 먹지도 말고 적게 먹지도 말고 포만감이 들지 않아야 한다. 포만감이 들게 되면 게으름과 졸음이 동반하기 때문에 수행에 방해가 된다. 장이 비워져있어야 공부하는데 방해가 되지 않는다.

특히 섹스나 술, 담배와 마약은 절대해서는 안된다. 이런 것에 빠지게 되면 수행은 물론 영혼까지 썩어문드러진다. 자신을 컨트롤하는 것은 수행자의 가장 기본적인 법칙이다.

수행은 규칙적이고 연속성이 이어져나갈 때 정상궤도에 올라설 수 있고 정상궤도를 올라탈 때 선정에 의한 지혜, 공에 의한 자비가 생겨난다.

사명산으로 들어온 해월은 일행삼매를 닦아나갔으며 식단은 단출했다. 밥 한 공기, 국 한 그릇 그리고 반찬 한 가지를 놓고 공양을 하였다. 어느 날은 반찬이 없어 된장국에 찬밥을 말아 후루루 공양을 하기도 하였다. 푸성귀를 넣어 죽을 끓여 먹을 때도 있었다. 그나마 쌀마저 떨어진 날에는 흐르는 계곡물로 배를 채우며 공부를 지어갔다.

마음으로 관세음보살을 화두처럼 간절하게 부르는 것은 뜻대로 쉽게 되지 않았다. 마음으로 염불을 하고 동시에 관세음보살 명호를 눈앞에 선명히 비추어 바라보는 것은 정말 어려웠다. 이런 수행이 보통 공을 들여서는 안될 일인 것 같았다.

출가해서 지금까지 해왔던 공부인데 마음 깊숙이 들어가려니 도무지 자리를 내어 주지 않는다. 특히 염불이 끊기기 일쑤였다. 잘 되어간다 싶으면 어느새 잡념이 일어나 수행을 어렵게 만들었다. 간신히 마음을 잡아 들어보면 또 졸음이 찾아와 힘없이 무너져 버린다. 잠을 쫓기 위해 뺨을 때리고 계곡의 찬물을 뒤집어쓰기 일쑤였다. 새벽엔 잠을 쫒으려고 발가벗고 도량을 서성거리기도 하였다.

세상에서 제일 좋은 약은 세월일 것이다. 세월의 시간을 만나면 수행도 과일이 되어 익어간다. 잘 정복되지 않는 철옹성 같은 성벽도 노력이 세월을 만나게 되면 언제 그랬냐는 듯이 굳게 잠긴 성문이 활짝 열려 마음 안의 무색의 빛과 무성의 소리에 취해 춤과 노래를 부르기도 하였다.

저녁예불을 마치고 좌선을 하자 한 시간쯤 지나고 나서 눈앞이 훤해지더니 땅속이 열렸다. 아주 오랜 옛날 이곳은 깊은 바다였다. 지금의 가파르고 높은 산은 화산과 지진에 밀린 땅이 솟아 올라왔기 때문이었다.

바다 생물의 화석들이 깊은 암반 속에서 잠들어 평화가 찾아올 세상을 꿈꾸고 있었다. 땅속은 우리가 알고 있는 것처럼 어둡지 않았고 지옥도 없었다. 지옥은 땅속에 있는 것이 아니라 우주공간 뒤편에 자리잡고 있는 것이다.

지하에는 세월의 흔적들이 묻혀있었다. 땅속 깊이 큰 물줄기가 흘러간 자국이 남아있고 그 큰 계곡 옆에는 원시인들이 모여 살았는지 주거형태의 돌이 놓여있었고 사람의 뼈와 동물의 뼈들이 여기저기 흩어져 있었다.

더 깊숙이 들어가니 지구의 내부가 뻥 뚫려있었다. 무척 놀라웠다. 그 지하세계에는 지구에서 사라진 문명이 자리잡고 있었다. 그 문명은 다름 아닌 아틀란티스였다.

그들은 이 지하세계에 들어와 이상적으로 자신의 문명을 발전시켰다. 텅 빈 지하세계엔 지상의 바다에 거대한 관을 연결하여 태양의 빛을 흡수하여 살고 있었고 식수와 식량을 해결하고 있었다.

깊은 지하에는 자체적으로 빛과 에너지를 발하는 원석들이 있어 그 빛과 에너지를 이용하여 내부의 온도와 습도를 맞춰가며 살고 있었다.

그들의 지하세계는 정교하게 만들어져 있었다. 지상에 있는 기계문명은 잘 보이지 않았고 자연적인 환경에 의존하여 에너지를 끌어 쓰고 만들어 쓰며 그들 나름대로 찬란한 문명을 만드는 것 같이 보였다.

건물들은 지하의 바위를 잘 다듬은 돌로 지어져 있는데 돌 안에는 다이아몬드, 금, 비취, 사파이어, 호박 등 보석들의 원석이 그대로 박혀 있어 기품 있는 아름다움마저 느껴졌다.

지하세계에 사는 사람들은 키가 우리보다 컸다. 대부분 2미터가 넘었고 얼굴은 잘 생겼으나 창백해 보였다. 그들의 내면에서 느껴지는 기운은 먼 외계세계에서 찾아온 것 같은 이방인으로 느껴지기도 하였다.

수행이 자리를 잡아 마음에 자유와 평화가 일어나니 안 보이는 것들이 보이기 시작했다. 이 세상을 떠난 영가들이 정진하고 있는 해월을 쳐다보고 옆에 앉아 같이 정진하다 떠나는 것이다.

사명산엔 해월이 좋아하는 소나무들이 많았다. 봄, 여름, 가을, 겨울의 계절에 따라 나무가 변하는 모습을 바라보는 수행자의 눈엔 소나무처럼 푸르른 정기가 서려진다.

계절에 맞춰 찾아오는 곤충과 동물들이 외로운 수행자의 친구가 되어 자연에 감화되고 순응하게 만든다.

봄에는 산새소리가 걸작이었다. 조용한 공기를 가르는 산새의 울림은 마음 안으로 다가와 미래의 밝은 아침을 노래하는 것 같았다.

밤마다 놀러온 청개구리들은 무형의 수행을 하는 해월을 위로하기 위해 자신의 소리를 유형의 피아노로 변화시켜 소나타 5번을 연주해주었다.

여름에는 매미의 울음소리가 운율을 타고 사방으로 날아다녀 염불을 잊지 않게 해주었다.

가을에는 고추잠자리, 겨울에는 고라니 한 쌍이 내려와 우울한 젊은이의 정신적 친구가 되어주기도 하였다.

긴 가뭄에 샘물이 말라 물을 길어다 먹는 날이 많아졌다. 먹을 것이 떨어져 계곡물로 배고픔을 이겨내며 차곡차곡 내공을 쌓아갔다.

저 멀리 푸른 산과 청정한 하늘에 신선한 구름을 바라보며 스스로에게 말을 건넨다. 최면을 건다.

'고맙다. 여기까지 잘 걸어왔다. 앞으로도 잘 부탁함세.'

이제 해월은 더 이상 어린 아기 새가 아닌 어른 새로 탈바꿈하는 자유비상의 시험을 치르며 성장해 나가고 있다. 그는 번뇌가 없어져 번민에 인한 괴로움이 없어졌고 나를 흔들어 흙탕물을 일으키는 망상의 유혹에 빠지지 않았다.

어려움을 헤쳐나가며 하는 수행은 그만큼 큰 힘을 얻는다. 해월은 출가해서 지금까지 쌓은 수행의 힘으로 몇 가지 변화의 발전을 가져왔다.

첫째, 콤플렉스를 극복할 수 있었다.

둘째, 안 되면 되게 하는 불굴의 불사정신을 가지게 됐다.

셋째, 이해하고 용서하고 포용하려는 넓고 깊은 마음을 가지게 되었다.

넷째, 세상을 평화스럽고 아름답게 변화하려는 창조적 꿈을 가지게 되었다.

수행은 개인의 이상적 변화와 발전은 물론 이 세상에 진정한 행복의 평화와 자유의 지혜광명과 자비바람을 불어넣어 유토피아세계를 만들어나가는 것이다.

수행을 익게 해주는 도반

따뜻한 봄날에 이준수는 해월의 황토방으로 거처를 옮겨 요양을 시작했다. 처음엔 낯선 환경이 싫었던지 불안한 표정이 역력했다. 아직까지 자신의 병고를 인정하지 않는 눈치였다.

토굴인 황토방으로 다시 돌아온 해월도 다시 삭발을 하고 승복으로 갈아입어 새로운 각오를 다졌다.

사명산에 봄이 다시 익어간다. 따뜻한 기운의 봄바람이 이 산, 저 산을 옮겨 다니면서 소곤소곤 속삭여댄다.

'일어나. 일어나라고. 봄이 왔어. 그만 자고 일어나란 말이야.'

봄바람은 따뜻한 기운을 쉼 없이 불어대는데도 일어나지 않고 땅속에서 잠을 자고 있는 산나물들이 얄미웠다.

지난 겨울 혹독한 추위에도 뿌리를 내린 어른 나물들이 기지개를 펴며 하품을 한다. 아직 씨앗이 발아되지 않은 애기 종자는 일어날 생각조차 없는 것 같았다.

'왜 그래. 여긴 봄이 늦게 오는 곳이야.'

봄바람이 산나물을 나무란다.

'내가 여기에 있는데. 왜 늦게 온다고 난리야.'

'조금만 더 기다려줄래. 우린 아직 나올 준비가 안됐어.'

게으른 산나물을 가만히 지켜보던 태양이 봄바람을 도와 활활 몸을 태우며 햇빛을 비춰준다. 자연의 보고인 햇빛을 비추어 주는 데는 더 이상 버틸 재간이 없었다.

'알았어. 이제 일어날 테니까. 너무 뜨겁게는 비추지 말아죠.'

겨우내 얼어있던 산속에서 나물들이 서서히 올라온다. 게으른 자신이 싫었고 창피했던지 땅을 뚫고 파릇한 생명력이 부끄러운 몸을 내밀며 엷은 미소를 드리운다.

취나물, 고사리, 미나리 싹, 두릅, 엄나무, 혼닙나물 등 제철 산나물들을 뜯어 무쳐낸다. 음식을 잘 삼키지 못하던 아버지는 산의 정기를 먹고 다시 살아난다. 따스한 봄기운에서 나온 신선한 산나물 무침에 입맛이 다시 살아온 듯 잘 드신다.

산나물을 데쳐 된장에 들기름 한 방울 넣어 버무린 나물무침을 정신없이 폭풍흡입을 한다. 제철 음식은 때에 맞춰 우리 몸에 필요한 영양소를 보충해주고 면역력도 높여준다.

제철 음식은 맛도 최고조로 올라온 좋은 음식들이다. 봄나물은 영양이 풍부하다. 비타민과 철분 같은 무기질이 많은 것이 특징이다.

아버지는 산을 좋아했고 산을 잘 탔다. 봄이 되면 산에 들어가 나물을 자루에 한 가득 따오곤 했다.

무공해의 신선한 산기운과 나물에 들어있는 자연 가득 뿜은 영양소가 병고에 지친 그를 일으켜 세운다. 소태 같은 그의 입맛을 되살아나게 한다. 닫혀 있는 몸과 마음을 서서히 일깨워줄 것이다.

적막한 산속생활이 익숙해지신 것 같았다. 꾸준히 밥과 간식을 드셔서 몸에 살도 올라오셨다. 신기 가득한 무서운 눈빛도 초롱초롱 빛이 나기 시작했다.

"아버님. 이제 저하고 절에서 같이 살아야 합니다. 절에선 불명을 불러야 해요. 음~ 아버님 불명은 법등입니다. 이제부터 법등거사님 이라고 부르겠습니다."

앉아서 눈만 끔뻑 거리신다. 아직 무슨 말인지는 모르시는 것 같았다. 인지가 돌아오지 않으셔서 정신은 딴 세상 사람이다.

과격한 행동도 서슴없이 하신다. 그전엔 상상도 못할 일이다. 조금만 귀찮게 하면 빰을 때리고 멱살을 잡으며 입을 벌려 뭐라고 하는데 욕을 하시는 것 같았다. 한동안 손에서 똥내가 떠나지 않았다.

밤에는 잠깐 인지가 돌아온다. 그럴 때면 해월을 쳐다보고 환하게 웃으신다. 아버지의 환한 미소를 보면 그동안 힘들었던 생각은 사라진다. 이런 일도 찾아오기에 힘든 병간호를 하지 않겠는가.

어느 날 밤, 해월은 피곤이 몰려와 잠을 청했다. 누가 몸에 손을 대는 것 같아 눈을 떴다. 법등거사님이 손을 꼭 쥐어준다. 병간호에 고생이 많은 아들을 위로해 주는 아버지의 따듯한 정이 느껴졌다.

뭉클한 느낌에 눈물이 흘러내렸다. 가슴이 징 하니 울려 퍼졌다. 아버지와 아들 사이에는 무지개다리가 놓여있다. 마음의 무지개다리이다.

해월은 마음의 약을 주기로 작정했다.

'사랑합니다.'

'고맙습니다.'

'존경합니다.'

팔을 벌려 하트를 만들어 사랑을 고백해도 아직은 못 알아들을 것이다. 알아들어도 표현을 하지 못하는 어린아이가 되어버렸는지 모른다.

은사스님이 그리웠다. 속가의 아버지는 혈연으로 맺어졌지만 은사스님은 영혼의 아버지가 아닌가. 속가 아버지는 나를 낳아 길러주었지만 영혼의 아버지는 마음을 성숙시켜주는 선지식이다.

어리석은 제자를 자식처럼 아끼고 항상 자비스러운 가르침으로 어리석음에서 벗어나게 한 일은 스승 군야스님의 열정이었다.

제자가 스승을 모신 것이 아니라 스승이 제자를 모시는 일이 많았던 군야스님은 자비의 화신인 관세음보살처럼 느껴졌다.

군야스님의 목소리를 들으면 우레처럼 힘차면서 꿀을 발라놓은 것처럼 달콤해 빠져들어 갔다. 믿음이 갔다. 그래서 인생의 모든 걸 맡기고 싶었다.

스승과 제자는 벽이 없는 한 마음의 공간을 쓰고 읽는 존재다. 서로를 잘 알아 호된 매와 연민의 정으로 아끼고 위로하며 거울을 보듯 서로 인정을 하는 것이다.

믿고 의지할 스승이 없는 일은 슬픈 일이다. 처절한 외로움이 꿈틀거린다. 군야스님이 죽도록 그리울 때엔 밤하늘의 별을 보며 외쳐댄다.

'스님. 보고 싶습니다.'

해월은 평화를 사랑하는 사람이다. 사람들과의 다툼을 싫어했고 죽이는 전쟁을 미워했다. 시기와 질투도 그에겐 없었다.

자못 여리고 나약한 사람처럼 보일 수도 있다. 그러나 이 세상을 아름답게 변화를 주도했던 사람들은 그렇게 출발을 했던 것이다. 천재들은 여리고 착한 마음을 쓰지 않았는가.

그는 함께 평화로운 세상을 살아가기 위해 출가를 했고 평화의 세상을 만들기 위해 수행을 선택했던 것이다. 평화로운 세상을 만드는 것이 먼 전생에서부터 이어온 일이라고 생각했다. 꼭 이루어야 될 의무마저 들었다.

어쩌면 현실을 저버리고 이상과 꿈만을 쫓는 자일지도 모른다. 그러나 평화로운 세상은 모두가 바라는 일이 아닌가.

병간호와 수행을 병행하는 일은 처음엔 익숙지 않아 힘이 들었다. 밥을 떠드리며 하는 수행은 기다림의 정진이다. 때마다 한 시간씩 앉아 밥을 떠드리면 나의 존재마저 잊어간다.

병원에서 하는 생활과는 또 다른 패턴의 수행방법이었다. 죽어

있는 수행이 아닌 거친 진흙탕의 인내 속에서 희망을 뚫고 살아나는 한 연꽃송이의 숭고함마저 느껴졌다.

이를 악물고 병간호를 해가며 졸음을 쫓으려 바닥에 머리를 찧어 피를 보아가며 마음을 모아간다.

수행자를 도와주지 않고 끈질기게 달아나려는 관세음보살을 잡아 간절함의 에너지와 함께 버무려댄다. 간절함이 사무치게 전해진 마음에 강한 전율의 에너지가 흘러 몸이 부르르 떤다.

절정의 고요함에 산천초목도 고개를 숙여 수행자의 정진에 기도를 올려준다.

서너 시간이 번개처럼 지나간다. 마음은 고요하고 바닥엔 관세음보살의 작은 광명에 둘러싸인 연꽃이 피워 오른다. 작은 광명의 연꽃들은 서로를 안으며 몸집을 불려나간다. 다시 하나로 뭉쳐져 대광명의 연꽃으로 탈바꿈을 한다.

스승 군야스님의 가르침이 떠올랐다.

'수행이 잘 된다고 해서 너무 기뻐하지 말고, 수행이 안된다고 해서 너무 슬퍼하지 말게나. 잘된다고 기쁨에 젖게 되면 반대현상이 찾아오며, 안된다고 슬프거나 노여워하게 되면 공부의 핵심을 잃어버리게 되는 걸세.'

지금은 순조롭게 수행정진이 잘 이어나간다. 갖은 애를 써가며 공부를 붙드는 것이 아니라 그동안 만들고 놓은 물길따라 수행이 순리대로 이어져나가는 것이다.

이 시점에서 수행정진이 잘 된다고 게으름을 부리거나 다른 곳으로 마음의 눈을 돌리다가는 수행이 죽어 공부의 핵심을 잃어버리게 된다. 이러할 때를 만났을 시는 마음을 죽여 즐겁거나 슬픈 것에 휩쓸리지 말고 저 차돌이 수행의 훈기에 잘 익을 때까지 정진에 정진을 거듭하여야 하는 것이다.

눈에 섬돌의 광명들이 한동안 이어져 비춰졌다. 동시에 마음은 또다시 평화와 진공의 상태가 여러 날 지속되었다. 경전을 독송하다 또 다시 한 소식을 읊는다.

"관음의 묘한 지혜의 힘을 생각하니 가슴이 벅차와 숨이 멎었네.
벅찬 가슴을 달래며 방을 뛰쳐나와 마당에 발을 디디는 순간
광활한 허공과 우주가 텅 비어 자취가 사라졌네.
허공과 우주는 보이지 않는 거대한 투명한 관을 통해
뒤엉켜 한 몸이 되니
나의 두 눈엔 눈물이 비 오듯이 흐르네!"

뜨거운 여름이 찾아왔다. 요즘 여름은 옛날 여름처럼 따갑게 뜨거운 것이 아니라 후덥지근하고 불쾌한 여름이다. 그만큼 대기가 오염이 되었다는 증거 아닌가.

대기의 오염으로 인해 호흡을 하고 사는 생물들이 병들어 가는 것이다. 대기의 심각한 환경오염으로 말미암아 무서운 돌연변이들이 나올 수 있다. 대기의 오염으로 지구는 멸망할 수도 있는 것이다.

해월은 깊은 산중의 시원한 바람을 맞으며 여름휴가를 보낸다. 콘크리트 도심의 여름은 숨이 턱까지 막히는 고통의 여름이지만 산중은 그래도 가끔씩 시원한 바람도 불어와 뜨거운 땀을 시키는 재미도 있다.

얼음장 같은 차가운 계곡 물에 미역을 감다 보면 더위는 저만큼 물러난다. 매미 울음소리를 들으며 좌선하는 풍경도 매력적이다.

세월이 지나니 토굴에 이따금씩 사람들이 찾아온다. 어디서 소문을 들었는지 옛날에 같이 공부하던 도반들도 한두 명씩 산골 오지로 찾아든다.

대부분 인생의 고충을 떨어놓아 해월에게 답을 얻기 위해 찾아온 사람들이다. 미래의 예언을 들으려고 찾아오는 사람들이 많다.

사업의 실패, 배우자의 외도, 자식들의 타락, 심각한 우울증, 싸이코패스 등 인생을 살아가면서 찾아오는 고통과 마음에 병이 든 사람들이 많았다. 이들의 공통적인 특징의 하나는 내가 잘못된 것은 모두 남의 탓에 있다고 하는 것이다.

그 다음은 과거에 집착하는 것이다. 과도하게 집착을 해서 괴로운 현실에서 빠져나오지 못하고 있는 실정이다.

그들이 찾아오면 해월은 일단 차를 함께 마시고 하소연을 가만히 들어준다. 자신의 이야기에 귀를 기울여 들어주고 있으면 얼굴 표정이 바뀌면서 조금씩 마음의 문을 열어간다.

“네. 그렇습니까?”

“맞습니다.”

"힘드시겠습니다."

"아이고~!"

이렇게 리액션을 쳐주면 마음에 담고 있는 진짜 이야기를 꺼내놓는다. 자신의 문제점을 고백하는 것이다.

그들에게는 같이 마음을 터놓고 대화할 상대가 없었던 것이다. 그들에게 따뜻한 말 한마디 칭찬을 해주는 사람은 없는 것 같다. 항상 자신에게 비난의 말과 차갑고 따가운 눈초리를 보았던 것이다.

"문제의 답은 늘 자신에게 있습니다."

"무슨 말입니까? 스님."

"내면에 답이 있습니다."

"나를 보고 있으면 화가 납니다. 남들과 같이 있어도 짜증이 납니다."

"아직 내면을 보고 있는 것이 아닙니다. 내면을 보고 있으면 화도 짜증도 바로 사라집니다."

"예. 스님. 알겠습니다."

무던히도 더웠던 어느 날, 점심시간이 다 돼서 한 중년 부부가 토굴로 들어왔다. 이리저리 두리번거리다 스님을 보며 뻘쯤 거린다.

"참 좋은 도량이네요."

감탄을 하는 얼굴엔 신기가 가득해보였다.

50대 중후반으로 보이는 이 여자는 더러운 옷차림에 앞니가 몽땅 빠져있었다. 같이 온 남자는 산천을 함께 다니는 동생이라며 소개를 한다.

"차 한 잔 마시고 가세요."

해월의 제의에 얼른 법당으로 들어선다.

법당에 들어선 이 여인의 하는 말이 걸작이었다.

"스님은 나보다 낮습니다."

"내가 못 보는 것을 볼 수 있지만 내가 더 높아요."

그러면서 옆에 있는 동생이 말을 거든다.

"참 훌륭한 분이예요."

"난 아무데나 들어가지 않아요. 내가 도량을 밟으면 그 도량은 번창합니다."

"번창을 한다니? 축원에 감사합니다."

점심시간이 조금 지나 출출하게 보였다.

"점심시간인데 밥을 차려 드릴까요?"

"밥은 됐고요. 국수 있으면 김치하고 같이 주세요."

해월은 국수를 삶아 열무김치와 함께 갖다 줬다. 열무김치를 국수에 걸쳐 맛있게 먹더니 해월에게 한마디 한다.

"스님. 마음 하나는 참 착하시네요."

국수를 다 먹고는 마음에 담아 놓은 하소연을 한다.

"난 젊었을 땐 돈을 엄청 벌었지요. 하는 일마다 잘 돼서 돈을 자루에 쓸어 담을 정도였습니다. 그런데 내가 그렇게 잘해주고 돌보

아줬던 사람이 나를 배신을 하고 극심한 고통을 주더니 결국 재산을 다 날렸습니다. 내가 왜 그 사람한테 극심한 고통을 받아야 하는지, 왜 이렇게 전국을 떠돌아다녀야 하는지, 알려주는 스승을 만나러 다니고 있습니다. 대통령을 만나서 내 큰 꿈을 말하려고 합니다."

재미있는 분들이었다. 이랬다 저랬다 횡성수설. 이 절 흉을 저 절에. 온갖 감언이설로 나중엔 돈을 뜯어가는 절 귀신들. 절에 들어와 스님을 들었다 놨다 하는 그런 사람들은 해월에게 처음이 아니었다.

문경의 한 선방에서 원주소임을 볼 때였다. 택시를 타고 경내로 들어온 한 남자가 상담을 하겠다며 스님을 찾는다. 대중들이 절의 살림을 맡아하는 원주스님을 소개했다.

그 남자는 원주스님 앞에 앉아 눈치를 보며 염주를 굴리면서 자신의 사정 얘기를 하는 것이다. 그럴싸하게….

"저는 어릴 때부터 어머니를 따라 절에 다녔습니다."

"예. 그러십니까?"

스님 앞에서 염주를 돌리는 행동이 어색했다.

"제가 중국산 미꾸라지 수입을 합니다. 자주 중국을 왔다 갔다 하니까 아내가 바람이 나서 집을 나갔습니다. 찾아 나설려니 돈도 없고 해서요. 돈을 빌려주시면 은혜를 꼭 갚겠습니다."

해월은 참 안됐다는 생각이 들었다. 그러나 주머니에 가진 돈은 없었다. 그래서 불쌍한 남자에게 현금카드를 주면서 비밀번호를 알려주었다.

결국 통장에 넣어둔 돈은 다 빼가고 그 남자는 두 번 다시 보지 못했다.

무료한 여러 날이 지나갔다. 이 빠진 여인이 다녀간 이후로는 정진이 잘 되지 않는다.

사라졌던 번민들이 다시 들끓기 시작했다. 병원에서 보았던 풍만한 여인의 육체가 다시 떠올라 수행자의 마음을 뒤집어 놓는다. 쓰나미 같은 졸음이 온몸을 짓눌러 덮쳐버린다.

병간호하랴 살림하랴 수행하랴 피곤해 지친 몸이 특히 새벽녘에 어깨에 올라타 도무지 앉아 있을 수가 없었다. 자리를 박차고 뛰쳐나가고 싶었다. 콧등과 이마에 열기가 올라 몸은 뜨겁고 눈은 감긴 채 초점을 잃어버렸다.

정신없는 상황 속에서도 화가 북받쳐 올라왔다. 자신이 싫고 미웠다. 나약하고 무능력한 질기고 질긴 껍질이 도대체 벗겨지지 않으려고 한다.

이것이 수행자의 세계다. 자신과 끊임없이 대화하고 싸워나가는 것이다. 무인의 전투에서 내가 가장 무서워하고 두려워했던 대상과 싸워 승리를 거두어야 한다.

수행자의 세계는 냉혹하고 잔인한 실전의 전투이다.

'차라리 나에게 죽음을 달라.'

온몸에서 무거운 피곤과 달콤한 졸음의 분신들이 해월을 괴롭힌다. 죽기 아니면 살기라는 독한 마음으로 버텨내더니 어느덧 2시간이 흘렀다.

몸과 마음이 가벼워졌다. 어느 순간, 눈앞에 빨간 불덩이 불사조가 날개를 펼치고 하늘로 자유로이 비상을 하는 것이었다.

법등거사님은 조금씩 병환이 나아가는 것 같았다. 그러나 이따금씩 폭력을 행사하고 있어 해월을 당혹스럽게 했다. 병환 이전에는 전혀 없던 증상들이 나타나니 간호를 잘못한다는 회의감마저 들었다.

조금만 귀찮다고 느껴지면 폭력행사를 하는 것이다. 옷을 갈아입히면 멱살을 잡고 말을 못하는 입을 벌려가며 욕을 하시는 것이다. 기저귀를 갈아 드리려면 뺨따귀를 친다. 똥을 묻은 손으로 따귀를 때리기도 한다.

본인의 의도와는 전혀 다른 행동을 보이면서도 순간 인지가 돌아올 때도 있다. 멱살을 잡았다가도 놓아버리고 손가락질과 욕을 하면서도 내가 왜 그렇지 하는 표정을 짓는다.

천천히 조금씩 나아진다는 생각이 들기도 했다. 병원에서 타온 약도 잘 먹지 않지만 음식에 몰래 타서 드린다. 염불과 경전독송으로 아직 혼미한 정신을 일깨우려고 한다.

귀로 수행하는 이근원통이다. 이근원통은 본인의 의지와는 상관없이 하는 수행이 되기도 한다. 귀를 통해 마음으로 들어가는 수행이다. 귀로서 염불이나 독경을 들어 시간이 흐르면 마음의 귀에서 저절로 염불이 나오고 그 염불을 통해서 마음의 눈이 열리고 나중엔 듣는 마음의 귀마저 없어져 자성을 보는 수행이다.

오후 좌선시간이다. 그전보단 집중력이 좋아졌다. 한 달 정도 수마와 스트레스에 정진의 힘이 약했으나 산책도 하고 마음의 근육을 풀어내니 안정적 페이스를 찾아간다.

아버님 병고에 아직까지 큰 진척은 없으나 나아진다는 믿음이 들어 자책감에서 벗어났다. 병간호도 익숙해 큰 힘을 들이지 않아 평온의 날이 흘러갔다.

산중엔 제법 차가운 바람이 불었다. 가을이 찾아온 것이다. 보름달이 비추는 계곡의 물 흐르는 소리가 이상적 추야의 풍경을 그리기에 알맞았다.

가파른 계곡 절벽에 붙어있는 단풍이 허공 속에 숨어있는 새빨간 색을 모조리 흡수해 버린 것 같았다. 발정이 난 수탉의 벼슬마저도 고고한 단풍 앞에서는 제풀에 죽어 울고 갈 기세였다.

아름답고 빼어난 단어로 시를 지어 바쳐도, 볼품없이 나사 빠져버린 문장으로 노래를 불러도 이 계곡의 풍치는 그들의 마음을 모두 다 받아들일 평화 속 부처가 미소 짓는 그것이었다.

사랑의 열정을 불살라 물감을 만들어 단풍을 그려도 이 계곡의 단풍 앞에서는 비교도 자랑할 상대가 되지 않았다. 특히 이 계곡과 마을 주위의 산들은 늦가을 만추의 경치가 예술적이다. 더하지도 빼지도 않는 순수자연의 색깔의 정취가 절묘하다. 순수본연의 화장연화의 세계가 펼쳐져 발을 옮길 때마다 눈을 붙일 때마다 새로운 은하가 탄생하는 경이로움을 선사해준다.

만추의 햇빛이 어울려 비추어 바라보는 쪽빛 파로호는 고난에 치를 떨었던 마음을 벗어 던지고픈 힐링의 메시지 그 자체였다.

만추의 끝자락에 곱게 물든 단풍이 굽이굽이 펼쳐진 두메산골을 유람하고 토굴로 들어서니 웬 중후한 중년 남자가 평상 위에 앉아 있었다.

"어떻게 오셨습니까?"

해월의 물음에 그는 대답을 한다.

"여기에 사시는 스님을 만나러 왔습니다."

중후한 남자를 자세히 쳐다보니 친한 친구인 이근우였다. 둘은 환하게 웃어 보인다. 정말 반갑게 옛 친구를 맞이한다.

"아니. 이게 누군가. 근우 아니가. 근우."

한때 다정했던 옛 친구는 너무 반가운 포옹을 나눈다.

"스님을 찾느라고 애를 많이 썼습니다. 그래. 잘 왔네. 잘 왔어."

"스님이 모른 체하면 어쩌나 하고 걱정이 됐지."

"모른 체 할 리가 있나. 내가 근우를 모른 체할 리가 있나. 어서 안으로 들어가지."

둘은 토굴 안으로 들어간다. 해월이 찻물을 끓이고 근우는 관세음보살님께 참배를 올린다. 두 친구는 찻상을 마주하고 앉아 해월이 차를 우려낸다.

이근우도 이제 나이가 들어 중년의 그윽한 멋이 풍겼다. 조금은 고지식해 보였고 그 고지식 속에 옛날과 같은 착함이 있었고 신비스러운 자기만의 세계는 내공으로 변해있었다.

"하 하 하. 이거 정말 오랜만이네. 20년은 넘었지?"

"그렇지. 스님과 은해사를 참배하고 오늘 만났으니 20년은 넘었지."

"그래 참 오랜만이다."

"아니. 내가 여기에 들어앉은 걸 어떻게 찾아냈어? 여기서 만나게 되다니 뜻밖이네."

"스님이 출가 했다는 소문을 듣고 여기저기 수소문 하다가 나중에 종단에 문의를 했는데, 몇 년이 지나서 여기에 산다는 답변을 준 걸세. 그래서 내가 모든 일을 제쳐두고 한 걸음에 달려온 겁니다."

"아니 이 사람아. 말을 높이니 내가 부담스러우이."

"그래도 삼계의 스승이고 사생의 자비로운 스님 아닙니까?"

"자네와 나 사이인데 무슨 허물이 있겠는가."

"그럼 알겠소."

둘은 겸연쩍었는지 말을 끊고 차를 마신다. 차를 마신 근우가 먼저 입을 연다.

"옛날 우리가 은해사에 참배 갔던 일을 기억하시지?"

"그럼. 당연히 기억하지."

"그 일로 인해서 내가 출가했다 해도 과언이 아니지."

근우가 은해사의 노스님이 하시던 말이 생각났는지 고개를 끄덕인다.

"스님 보고 꼭 출가할 사람이라고 했지."

"출가해서 스님 되는 일이 나의 숙명이고 스님 노릇하는 것이 나의 천직이라 생각하고 있네."

"그때 은해사의 노스님 생각나는가?"

해월은 옛일을 회상하는 듯 진지한 표정을 짓는다.

"왜 모르겠는가. 나의 은사스님이신데."

해월의 말에 근우는 놀란다.

"아! 스님의 은사가 되셨구나. 나도 몇 년이 지나고 출가하려고 찾아갔는데 말이야. 오래 전에 떠나셨다는군. 은해사에선 어디로 가신지 모른다는 거야. 불교에 대해선 아무것도 몰라도 그 노스님은 보통 스님이 아니신 것 같았는데, 지금 생각하면 은둔의 선지식인 것 같네. 스님은 복이 많으십니다. 그런 분을 스승으로 두셨으니…."

근우가 다시 묻는다.

"그 노스님의 법명이?"

"군야 큰스님일세."

"아! 군야 큰스님이시구나."

"대 선지식이시며, 이 땅에 오신 관세음보살의 화신이지. 거사님이 다시 은해사로 갔을 땐 난 남해 보리암에서 기도하고 있었을 거야. 보리암에서 많은 가르침을 받았지. 수행자에게 살이 되고 피가 되는 가르침이었지."

"나도 출가는 했지만 스님생활이 오래가진 않았어. 나에겐 그저 경전을 보고 고인들의 책을 보는 것이 맞나봐. 불교는 나에게 잘 맞는 가르침인데 말이야. 지금은 대학교에서 학자로 지내고 있지. 정말 스님이 되는 길은 어려운 일일세."

"근우거사님은 영리해서 잘하실 거야. 그래. 전공은 뭔가?"

"반야경이지."

"오! 반야경. 좋지. 난 금강경을 좋아했지. 가만 보니 내가 관심을 가졌던 경전이 모두 반야부 경전이네. 교수님께 반야경을 한 수 배워야 겠네."

"금강경은 대승시교의 가르침이지. 금강과 같은 날카롭고 굳센 지혜로 아집과 법집을 깨뜨리면 반야가 드러난다는 부처님의 가르침이지."

해월은 소리 내어 웃는다.

"역시 학자일세! 학자."

"금강경은 무지몽매한 중생에게 부처님의 마음을 곧바로 보여준 경전이지."

근우도 소리를 내어 웃는다.

"스님은 역시 선지가 깊은 선승입니다."

두 친구는 서로 얼굴을 보며 큰소리로 웃는다.

해월이 다시 말한다.

"교(敎)는 부처님의 말씀이고 선(禪)은 부처님의 마음이지. 그러면 말씀과 마음을 합한 것이 무엇인지 아나? 교화일세. 교화는 교와 선의 접목이네. 쉬운 일은 아니지. 교화는 정말 어려운 일이야. 지혜의 가르침과 자비한 마음으로 어리석은 사람들의 눈을 뜨게 하고 바른길로 이끄는 것이지.”

두 친구는 다시 차를 마신다.

“큰스님께서 언듯 자네 얘기를 하셨네. 전생에 우리는 출가한 스님이래. 나는 관세음보살을 좋아해 관세음보살을 친견하려는 참선만 하고, 자네는 경전을 좋아해 경전연구에만 몰두했다고 하네. 그래서 그 친구는 금생엔 나하고 인연이 없다고 말씀하셨지.”

“아! 그런가? 그래서 다시 만나려고 해도 만날 수 없었던 거구나!”

근우거사가 새로운 다짐을 한다.

“큰스님, 다음 생엔 참선을 해서 스님을 스승으로 모시고 수행하겠습니다. 그래, 큰스님은 지금 어디 계시는가?”

“큰스님은 보리암 옆 부소대에서 열반하셨네.”

근우는 깜짝 놀란다.

“아이고! 큰스님 이놈 좀 구제하시고 가시지. 어찌 그렇게 빨리 가셨나요. 어떻게 가셨나?”

“화광삼매에 들어 몸을 태우고 아무런 자취도 없이 가셨네.”

“화광삼매는 역대조사님들이 드는 삼매 아닌가. 아이고! 우린 이 세상에 오신 부처님을 못 알아보았네! 그래. 마지막 가르침은 무엇이던가?”

“큰스님께서 나에게 법을 내려주셨네.”

"법을 받았다고?"

근우는 시기와 질투심의 불길이 올라오는 걸 누른다.

"조사의 법을 받았으니, 스님도 이젠 조사 아닙니까?"

"조사는 무슨. 아직까지 관음진신도 친견을 못했는데."

"스님, 그 법을 일러주십시오."

해월은 눈을 감은 채 큰스님이 내려주신 법을 읊조린다.

"지혜는 아비요.
자비는 어미라.
아비와 어미는 두 몸이나 한마음이듯
지혜와 자비도 두 이름이지만 한마음일세.
지혜가 없는 이는 아비를 못 알아보고,
자비가 없는 이는 진정한 어미 아니니
법답게 만 중생 제도 못하리라."

근우는 자리에서 일어나 해월에게 삼배의 절을 올린다.

"스님, 어서 만 중생을 제도하여 주옵소서."

해월은 당황하며 만류한다.

"아니 왜 그럽니까. 나는 아직 멀었어요."

옛 친구인 근우거사가 떠나고 나서 얼른 겨울이 찾아왔다. 그해 겨울도 유난히 추웠고 졸음과 번민들과 싸우며 겨울을 보냈다.

인생도 반복의 되풀이이고 수행도 반복의 연속 아닌가. 무엇을 얻으려고 이 땅에 태어났는고?

무생한 세월도 이곳으로 들어온 지 어느덧 10년이 흐른 따스한 봄날 어느 이른 아침나절에 아버지 법등거사는 기적으로 오랜 병환을 털고 일어나셨다. 아버지가 처음 병고를 얻었을 때에도 놀랐고 나았을 때에도 너무 놀라 감격의 뜨거운 눈물을 흘렸다.

'관세음보살님. 고맙습니다. 당신의 가피 위신력에 진심으로 머리 숙여 경의를 표합니다. 한순간엔 원망하는 마음도 들었지만 다 저의 짧은 소견이었습니다. 잘못했습니다. 용서해주십시오.'

아침에 잠에서 일어나 아버지가 처음 하신 말이 '스님'이었다.

"내 병환을 돌보느라 고생이 많아."

말도 돌아왔고 조금은 불편해 보였지만 걷기도 하셨다. 기력은 떨어져 힘이 없어 보이셨지만 오래 사시기를 바랐다. 그러나 두 달여를 사시고 생을 마감하고 만다.

법등거사는 이불에 누워 아들을 찾는다. 해월이 다가가 손을 잡는다.

"법등거사님. 오래 사셔야 합니다."

"아니야. 갈 때가 된 것 같아."

힘이 빠진 가늘 한 목소리였다.

"무슨 말씀을 하세요. 나하고 같이 여기서 오래오래 사셔야지요."

"스님."

"예."

"스님 염불소리 참 듣기 좋았는데… 안으로 싸인 내공과 한이 섞인 염불이었지. 나 많이 울었다고. 정말 고마워. 꼭 큰스님 돼서 많은 사람들을 교화해 주십시오. 꼭 큰스님 되십시오. 내가 죽으면 장례를 치르지 말고 스님의 승복을 입혀서 화장해 주시게. 다음 생엔 나도 꼭 스님이 되어서 불도를 닦고 싶네."

잡았던 손에 힘이 다 빠져나가고 편안한 얼굴을 하고 목숨을 마치고 만다.

"아버님~."

해월은 큰 슬픔에 눈물을 쏟아낸다. 대성통곡을 하며 다시 아버지를 부른다.

"아버지 나를 나두고 혼자 가시면 어떻게 해요. 아버지~."

평생의 의지처이신 아버지를 여의었다. 정신적 물질적인 큰 산이셨다. 아버지가 계시기에 오늘이 있었고, 오늘이 있기에 미래의 꿈을 꿀 수 있었다. 비빌 언덕을 잃었고 믿고 보호해줄 큰 산이 없어진 것이다.

같은 남자로서 존경하였고 사랑했었다. 세상에서 누구보다 뛰어난 영웅이셨고 거목처럼 신비스럽고 동요가 없으셨다.

모아두었던 소나무 장작으로 화장대를 만들고 그 위에 승복을 입힌 법등거사님을 올려놓았다. 꽃망울을 터뜨린 개복숭아 꽃잎들이 봄바람에 우수수 떨어지면서 가신 이에 꽃 공양의 장광을 그려놓는다.

기름을 묻힌 관솔에 불을 붙여 화장대로 가져간다.

"법등거사님 불 들어갑니다."

화장대에 불을 붙인 해월은 합장을 하고 간절한 염불을 한다.

"나무아미타불… 이 사바세계는 다시 오시지 말고 극락세계에 태어나시어 불도를 이루십시오. 나무아미타불."

하루 종일 서서 망인에게 극락왕생을 발원하는 염불을 한다. 그동안 잘 키워주신 보답의 축원도 올린다.

어렴풋이 군야 큰스님이 꽃마차를 끌고 극락에 가는 걸 볼 수 있었다. 각종 꽃으로 장엄을 한 꽃마차에서 법등거사가 손을 흔든다.

"나 극락에 간다. 고맙습니다. 아들스님."

해월은 화장을 하고난 후 용맹정진에 들어갔다. 법등거사의 입적이 수행자의 마음에 큰불을 지펴주었다. 지금 하지 않는다면 용맹정진의 기회는 다시 찾아오지 않을 것 같았다. 일생일대의 수행정진에 들어간다.

큰 깨달음의 인연도 이렇게 찾아오는 것이다. 해월은 고난과 고통을 회피하지 않고 아버지 법등거사의 병간호를 정성껏 했기에 공덕을 지었고 세상에 진 빚을 갚아 대발심의 희망이 찾아온 것이다.

남은 양식은 모두 어려운 이웃들에게 나누어 보시하였다. 곡기를 끊은지 석 달이 지났다.

털이 덥수룩 자란 얼굴엔 자비함이 넘쳐흘렀다. 몸을 씻지 않아 홀아비냄새가 진동을 하였고 거미가 자기 집인 냥 천장 모서리마다 거미줄을 쳐놓았다. 바닥엔 집게벌레들이 자유롭게 돌아다닌다.

살은 거의 다 빠지고 앙상한 모습이 드러났다. 창자가 끊어지는 신호가 찾아오면 샘물을 마셔 주린 배를 위로했다.

장좌불와에 들어간 지 한 달 만에 지독하고 무서웠던 수마와 싸워 잠을 항복받았다. 수행자 해월은 지극히 고요한 상태에 들어간다. 번뇌 망상을 만들어 마음 안으로 집어넣으려 해도 지극히 고요한 평화는 곧 번민을 흡수해 평화를 노래하는 전령사로 만들었다.

저 맨 밑바닥에서 올라오는 미세번뇌도 조복되었다. 마음 안에는 오로지 또렷한 관세음보살에 대한 일심칭명이 이어져 나갔다. 시작도 끝도 모르는 일심칭명이 주야간을 이어져 일행삼매에 들어간다.

눈에 보이는 것도, 콧속으로 들어오는 향기도, 귀에 들리는 소리도 이젠 없다. 먹고 자는 것도 잊어버렸다.

오매불망 관세음보살을 생각한다. 이젠 멈추려고 해도 멈출 수가 없었다. 맑고 깨끗한 샘물을 끊임없이 분출하듯 저절로 일심칭명이 만들어져 콸콸콸 모든 사람들에게 나누어주고 있는 것이다.

문득 유리문을 통해 밖을 내다보니 그윽한 검정 하늘이 새벽에 이르렀다. 저 멀리 떨어지는 새벽 별똥별을 보는 순간 해월의 내면에서 의식을 송두리째 바꿀 천둥 번개가 힘차게 쳐댄다.

'우르릉.'

'콰광~꽝.'

순간적으로 생각이 딱하고 끊어지고 마음이 쿵 하고 내려앉으면서 우주의 엉겅퀴처럼 강렬하게 뒤엉킨 찬란한 대광명의 대자대비 관음진신이 모습을 드러낸다.

오묘한 검정 새벽하늘을 환히 밝힌 대관음의 모습에 해월의 세포들이 환희에 찬 기쁨으로 끓어오른다. 끓어오른 세포들이 대관음의 찬란한 빛의 힘을 이어받아 해월에게 후광을 드리워 준다.

우주에 드넓게 펼쳐진 자금색의 관음진신과 해월의 자성관음은 전혀 다름이 없었다. 우주의 관음과 자성관음은 서로를 비추어 주며 환하게 웃고 있었다.

관음진신의 성스러운 모습이 우주에 나타나자 광활한 우주와 지구에 흩어져 있던 사악한 기운들이 정화되고 사람들의 마음에 침투한 악령의 기운들도 힘을 잃고 녹아내려 버린다.

그동안 우주질서에 순응하지 않았던 탐욕과 욕망의 세포들이 성장의 꿈을 꾸는 세포로 변화하는 계기가 마련되었다. 이로서 혼란스러웠던 지구에는 진정한 행복과 평화의 싹이 자라나고 있었다.

번뇌가 사라진 맑고 깨끗한 자성관음이 드러나니 먼 전생의 일들도 깨달아 알게 되었다.

전생의 일미법사가 환생하기 위해 화이트홀로 뛰어드는 것을 측은하고 가엽게 바라보던 커다란 눈은 관음진신의 진실한 마음의 눈이었다.

관세음보살은 수없는 전생에서부터 항상 나를 지켜보고 나의 곁에 머물고 있었지만 나는 아직 눈을 뜨지 못해 어리석어 바로 보지 못해 고통 속에서 괴로워하며 살았던 것이다.

내가 이곳 사명산으로 들어온 것은 우연한 일이 아니었다. 통일 신라시대 이곳은 관음사라는 큰 총림이 있었고 나는 총림의 한 암자에서 관음수행을 하는 군야라는 스님이었다.

군야는 나의 전생이었고 나의 수행을 지도하는 큰스님은 관세음보살의 화신으로 불리는 관음대사였다.

관음대사는 제자의 자성관음을 깨우쳐주기 위해 제자의 관음수행을 완성시켜주기 위해서 원력을 세워 끝없는 세월동안 스승 노릇을 자처했던 것이었다.

군야 큰스님도 실은 관음대사의 환생이었다. 관음대사가 군야라는 법명을 썼던 것은 스승의 자비롭고 크나큰 배려였다.

선정 속에서 자성관음의 묘한 기운을 만끽하던 중 거대한 모하스함대의 출격을 알리는 무음의 빛과 소리가 들려왔다. 투명하고 웅장한 모하스함대는 수정 같은 물과 안온의 불을 뿜어내며 해월에게로 다가오는 것이었다.

해월이 모진 고초를 겪어 얻은 깨달음이기에 함대는 더욱 빛이 났다. 함대 안에는 온갖 병고로 고생하는 사람들. 가난하고 나약한 사람들. 삶에 지쳐 의욕을 잃은 사람들이 가득히 타고 있었다.

수많은 동물과 식물들이 자비의 따뜻한 손길을 기다리고 있었으며 중생을 교화할 때 필요한 물건들도 들어있었다.

옛 총림이 들어섰던 사명산 관음사에 깨달음을 얻은 도인이 있다는 소문이 돌자 사람들이 구름이 몰려들듯 밀려들어오고 있다.

이제 해월은 자성관음을 완성시켜 예전의 어린 아기 새에서 지혜와 자비를 갖춘 어른 새로 탈바꿈하고 인간대성 관음보살이 되어 만 중생을 교화하기 위해 오늘도 수행에 전념하고 있다.

❙ 에필로그 ❙

작품을 시작하기 전 조금은 고민을 하게 되었다.

출가한 스님이 소설을 쓰는 일은 흔하지 않는 일이었기 때문이다. 어떤 분은 이런 말도 했다.

"스님들은 좋은 글만 쓰려고 한다."

소설을 써 내려가면 때론 원색적인 단어를 써야 할 때도 있다. 스님이란 신분으로 원색적인 단어를 쓰기엔 민망할 때도 있었고 과연 원색의 단어를 선택해야 하는가 하는 의문도 들기도 하였다.

문학예술에 발을 들어놓은 시점에서 나는 망설일 여유가 없었다. 문학예술의 엉뚱하고 심오한 단어가 부처님의 살아있는 활구(活句)설법으로 다가왔고 크나큰 허물이 없다고 느껴졌기 때문이다.

수행문에는 어려운 관문과 조금은 쉬운 관문이 있다. 나는 관세음보살의 일심칭명을 통해 자성관음을 깨닫는, 조금은 쉬운 수행을 보살심을 가지고 있는 해월을 통해 그려나가고 싶었다.

일심칭명의 염불법문이 비록 쉽다고 하지만 그 궁극의 경지는 아무도 장담할 수 없다. 원효성사의 일심사상도 이 일심칭명의 법문에서 기인한 것으로 볼 수 있다. 일심칭명을 통해 격동하는 우주의 활동과 끝도 없이 이어질 대우주의 비밀을 깨달을 수 있기 때문이다.

어쩌면 나는 나의 길을 해월스님을 통해 대리만족과 성취감을 느끼고 미래를 내다보려고 하였을지 모르겠다. 한 수행자가 열심히 정진하여 그 깨달음으로 세상을 교화하여 아름답게 장엄시키는 일은 당연한 일이며 나라와 부모님 그리고 부처님의 빚을 조금이나 갚는 길이라고 생각하였다.

이 책을 쓰기에 많은 분들의 격려도 있었다. 꼭 소설을 써보라고 권장했던 보덕 거사님. 소설의 구성과 스토리의 선정에 허심탄회하게 말씀해주신 세등 거사님과 길상화 보살님, 그리고 항상 응원해주신 청명화 보살님등 그 밖의 모든 분들에게 진심으로 감사드립니다. 그리고 미약한 원고를 한권의 소중한 책으로 나오게 해주신 비움과소통의 자유인 김성우 사장님과 편집진들의 노고에 머리숙여 감사를 드립니다.

군야

1판 1쇄 펴낸 날 2014년 6월 20일

저자 석암
발행인 김재경
기획 · 편집 김성우
편집 이유경
디자인 김현민
마케팅 권태형
제작 보현피앤피

펴낸곳 도서출판 비움과소통 서울시 영등포구 영등포동7가 29-126 포레비떼 7층 705호
전화 02-2632-8739
팩스 0505-115-2068
이메일 buddhapia5@daum.net
트위터 @kjk5555
페이스북 ID 김성우
홈페이지 http://blog.daum.net/kudoyukjung
카페(구도역정) http://cafe.daum.net/kudoyukjung
출판등록 2010년 6월 18일 제318-2010-000092호

ISBN 978-89-97188-57-4 03810